新・しゃばけ読本　目次

目次

目次

目次

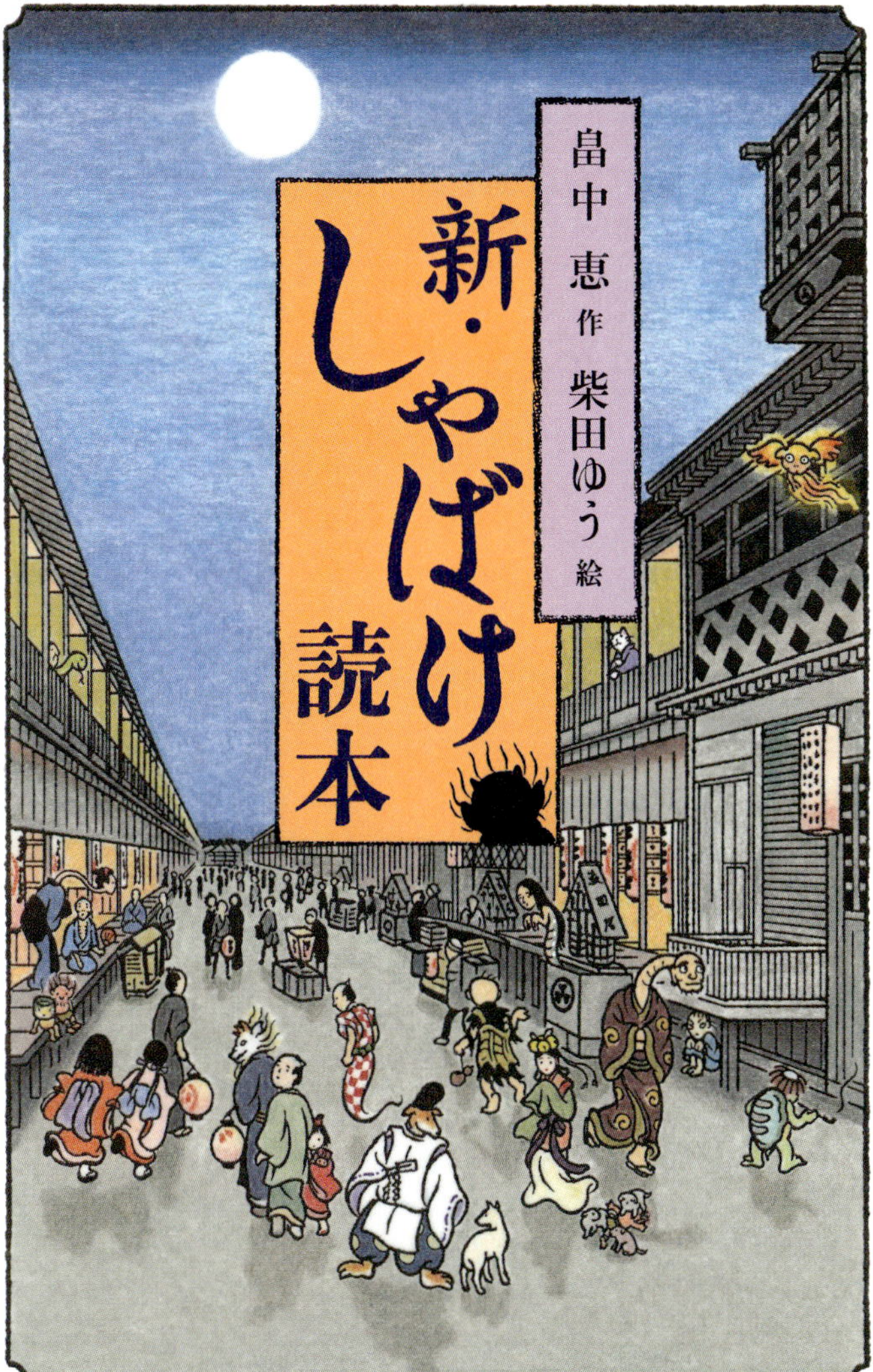
新・しゃばけ読本
畠中恵 作
柴田ゆう 絵

『しゃばけ』から『むすびつき』まで！

物語紹介

しんみり、ほんわか、どきどき、わくわく。
殺されかけたり、死にかけたり。
甘やかされたり、甘やかしたり。
色とりどりの心模様に胸もふくらむ
「しゃばけ」シリーズのすべてを一挙掲載！

1

しゃばけ

単行本『しゃばけ』H13年12月刊▶文庫『しゃばけ』H16年4月刊
▶単行本『しゃばけ新装版』H25年3月刊

江戸の大店の若だんな一太郎は、一粒種で両親に溺愛されているが、めっぽう身体が弱い。そんな彼を、身の周りにいる犬神や白沢といった妖たちがいつも守っている。ある夜、一太郎は人殺しを目撃してしまう。妖の助けを借りて下手人探しに乗り出すものの……。「洒落っ気いっぱい、近来の出色」と大好評の第13回日本ファンタジーノベル大賞優秀賞受賞作!

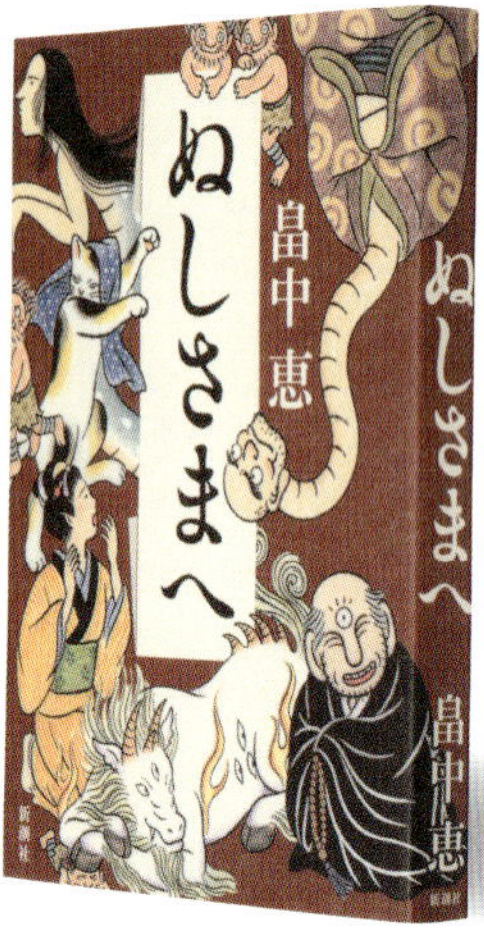

ぬしさまへ

単行本『ぬしさまへ』H15年5月刊▶文庫『ぬしさまへ』H17年12月刊

江戸の大店の若だんな一太郎は、めっぽう身体が弱くて寝込んでばかり。そんな一太郎を守っているのは、他人の目には見えぬ摩訶不思議な連中たち。でも、店の手代に殺しの疑いをかけられたとなっちゃあ黙っていられない。さっそく調べに乗り出すが……。病弱若だんなと妖怪たちが繰り広げる、痛快で人情味たっぷりの妖怪推理帖。

【ぬしさまへ】

大モテの仁吉さんの袖にはいつも山ほどの恋文が入れられているのですが、今回の恋文は百年の恋も冷めるほど字が汚い! なんとか差出人の名前だけは判読できた若だんなですが、その本人が火事の最中に殺されて、仁吉さんに疑いがかけられてしまいます。


【栄吉の菓子】

栄吉さんが作った茶饅頭を食べて、三春屋の常連客のご隠居が死んでしまうなんて!? 噂は広まり、三春屋の売り上げは、もちろん大激減。落ち込む親友のために、若だんながご隠居の死の真相究明に乗り出します。


【空のビードロ】

松之助さんが桶屋東屋でご奉公していた頃のお話です。長崎屋にご奉公することになったきっかけや理由は、『しゃばけ』とこのお話をお読みいただければわかりますよ。

【四布(よの)の布団】
若だんなのために仁吉さんが注文した布団から、夜毎、面妖な泣き声が……。どうやら手違いで古物が届いてしまったようなのです。翌日、腹の虫がおさまらない藤兵衛様と仁吉さんに連れられ、若だんなは繰綿問屋の田原屋へ。そこで若だんなが出会ったのは、通い番頭の死体でした。

【仁吉の思い人】

飲んだら仁吉の失恋話を聞かせてあげますと佐助さんにそそのかされ、苦いクスリを我慢した若だんな。あの仁吉が失恋だなんて、若だんなは信じられなかったのですが、仁吉さんには辛い辛い失恋の思い出があったのです。しかもそのお相手とは……。


【虹を見し事】

やかましいくらいの妖たちが忽然と若だんなの前から姿を消してしまいました。手代の二人も別人のよう。あまりに奇怪な状況に、若だんなは自分は誰かの夢の中に入ってしまったのだと推理し、そこから出ようとなさいます。しかし、この時ばかりは若だんなの推理も大正解ではなかったようなのです。

ねこのばば

単行本『ねこのばば』H16年7月刊▶文庫『ねこのばば』H18年12月刊

犬神や白沢、屛風のぞきに鳴家など、摩訶不思議な妖怪に守られながら、今日も元気に(?)寝込んでいる日本橋大店の若だんな一太郎に持ち込まれるは、お江戸を騒がす難事件の数々——。ドキドキ、しんみり、ほんわか、ハラハラ。愛嬌たっぷり、愉快で不思議な人情妖怪推理帖。「しゃばけ」シリーズ第三弾！

【茶巾たまご】

あれほど病弱な若だんなが寝込まなくなり、長崎屋の商売も絶好調。買った古簞笥からは前の持ち主のへそくりと思われる金子まで出てきます。皆さん、福の神がやってきたのではと大喜びですが、松之助さんに持ち込まれた見合いの相手が殺されて……。元気な若だんなが活躍するのは、この時だけです！


【花かんざし】

江戸広小路に遊びに出かけた若だんなは迷子の女の子、於りんちゃんと出会います。かわいらしい身なりで、その手にしっかりと鳴家を捕まえて放しません。困り果てた若だんなは、於りんちゃんを長崎屋に連れて帰り、なんとか家を探し当てようとするのですが、於りんちゃんは答えません。その上、「帰ったら、於りんは殺されるんだって」と呟いたのです。

【ねこのばば】
見越の入道さんからもらった若だんなお気に入りの「桃色の雲」が、お部屋から忽然と消えてしまいました。がっかりしている若だんなに持ち込まれたのは、お寺で起こった坊主殺人事件と、猫又救出作戦。一見、関係のなさそうな三つの事件ですが、二転三転、お寺の秘密につながっていったのです。

【産土(うぶすな)】

不作のため、大店がどんどん潰れ始めました。お店のため、金策に走る佐助さん。ところが、突然部屋の中に、奇妙な短冊と共に金子が現れたのです。日頃無口な佐助さんの真実の心に、触れることができますよ。


【たまやたまや】

長崎屋始まって以来の一大事です！　若だんなが、グレてしまいました。巾着に小判を入れて行き先も告げず一人で外出なんて、手代さん達に知られたら大変です。いくら、栄吉さんの妹、お春さんのためとはいえ……。嫁入りを前にしたお春さんの想いに胸をしめつけられる一編です。

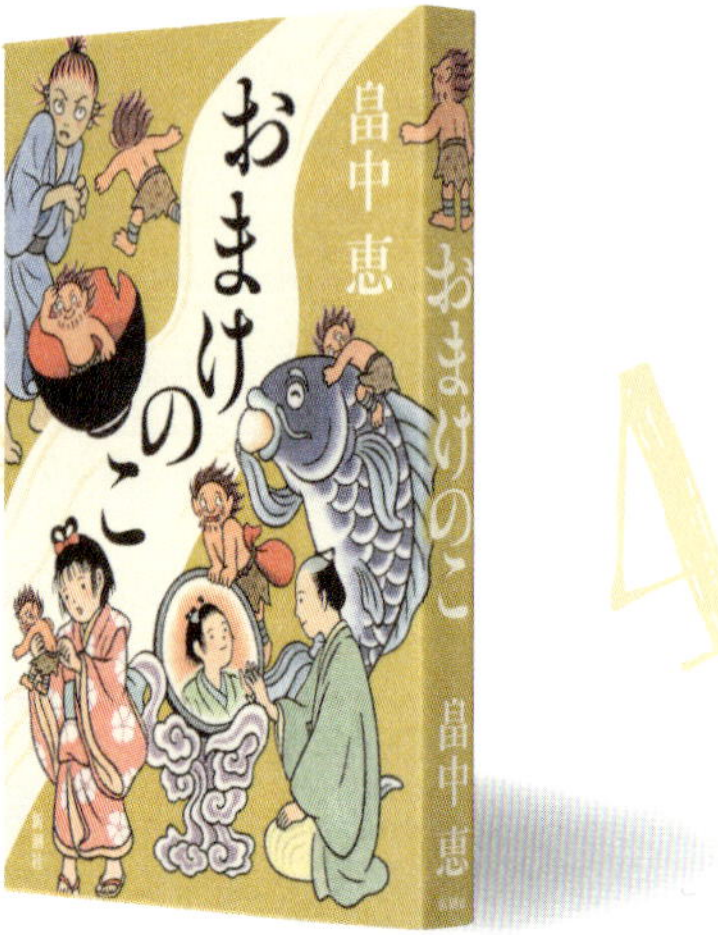

4

おまけのこ

単行本『おまけのこ』H17年8月刊▶文庫『おまけのこ』H19年12月刊

妖たちに守られながら、またまた寝込んでいる若だんなの一太郎――。でも、こうしちゃいられませんよ！　親友・栄吉との大喧嘩あり、「屏風のぞき」の人生相談あり、小さな一太郎の大冒険あり。お江戸で話題の謎を解く人情妖怪推理帖は、今回もおもしろさてんこ盛り。「しゃばけ」シリーズ第四弾！

【こわい】

またもや臥せった若だんなのお見舞いに来てくださった栄吉さん。ところがお土産の饅頭があまりに不味く、若だんなは吐きだしてしまい、二人は大喧嘩に。そんなとき、狐者異（こわい）という妖が長崎屋にやってきて、飲めばたちまち一流の職人になれるという天狗の秘薬を持っていると言い始めます。若だんなは栄吉さんのため、それを手に入れようとするのですが……。


【畳紙（たとうがみ）】

於りんちゃんの叔父の許嫁お雛さんは、とっても厚化粧。本当はお化粧をやめたいのに、やめることができず、悩んでいます。そんなお雛さんが人生相談を持ちかけた相手は、なんと、屏風のぞきさん。憎まれ口ばかり叩いている妖ですが、お雛さんの悩みを解決してあげられるのでしょうか？

【動く影】
幼い日の若だんなの初推理です！　日本橋のあたりに出ると噂される飛縁魔（ひえんま）という妖と、お春ちゃんを脅かす妖、影女。皆を怖がらせる妖怪退治に、若だんなが近所の子どもたちと乗り出しました。手代さんたちに出会う前の若だんなは、どのように妖を退治したのでしょう？

【ありんすこく】

吉原の娘と駆け落ちすると高らかに宣言なさった若だんな。呆然とする仁吉さんと佐助さんを尻目に、若だんなは一生懸命、策を練っています。若だんなは恋に落ちてしまったのでしょうか？　一緒に逃げる体力など、ないような気がするのですが……。


【おまけのこ】

長崎屋に持ち込まれた大粒の真珠を「お月様」と思い込んだ鳴家。盗まれそうになった「お月様」を守るため迷子になってしまったのですが、暴行事件と窃盗事件が一度に起こってお店はおおわらわ。誰も鳴家が一匹いなくなったことに気がつきません。空を飛んだり溺れたりしながら、「お月様」を守ろうとする鳴家の大冒険です。

うそうそ

単行本『うそうそ』H18年5月刊▶文庫『うそうそ』H20年12月刊

近頃江戸を騒がす地震の余波で頭に怪我をした若だんな。主人に大甘の二人の手代と兄・松之助をお供に箱根でのんびり湯治の予定が、人さらい、天狗の襲撃、謎の少女の出現、ますます頻発する地震と、旅の雲ゆきは時を重ねるごとにあやしくなっていき……。病弱さなら誰にも負けない若だんなだが、果たして無事、長崎屋に帰れるのか？

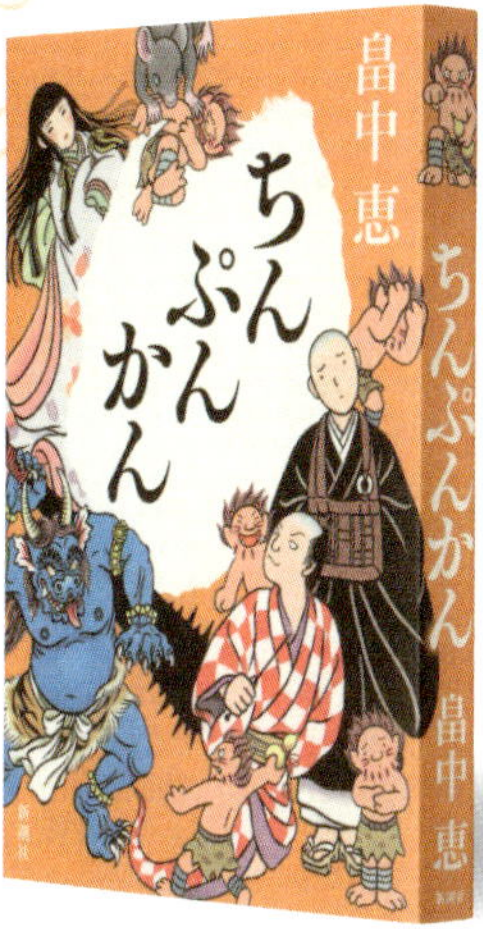

ちんぷんかん

単行本『ちんぷんかん』H19年6月刊▶文庫『ちんぷんかん』H21年12月刊

頼りになるのかならぬのか、どこかとぼけた妖たちと誰より病弱な若だんながお江戸の町を舞台に大活躍！　さて今回若だんなはどんな事件を解決する？　日本橋を焼き尽くす大火に巻かれた若だんなの三途の川縁冒険譚に、若き日のおっかさんの恋物語、兄・松之助の縁談に、気になるあのキャラも再登場。本作も面白さ盛りだくさん！

【鬼と小鬼】

通町一帯を襲った大火に巻かれ（といっても煙を吸い込んだだけなんですけどね）意識を失った若だんなが、はたと目覚めると、そこは昼とも夜ともつかない川の畔……。幾度となく死にかけてはいたものの、数匹の鳴家をお供に、とうとう三途の川縁まで来てしまった若だんなですが、果たして無事、兄やたちが待つ長崎屋に帰れるのでしょうか。


【ちんぷんかん】

妖退治で有名な広徳寺の僧侶、寛朝の愛弟子である秋英さんが大活躍するお話です。兄・松之助の縁談話の相談に寛朝のもとを訪れた若だんな。そこにもう一組の相談者が現れたため、そちらは秋英がお相手をすることに。しかし、この相談者、一筋縄ではいかないお相手だったのです。


【男ぶり】

若だんなを砂糖漬けのお菓子よりも甘やかしていらっしゃる旦那様の藤兵衛様と、奥様のおたえ様の馴れ初め大公開！　若き日のおたえ様が心を奪われたのは、役者似の整った顔立ちに気さくな笑顔が眩しい煙管屋の次男坊、辰二郎。望む縁談なら何でも叶うおたえ様なのに、どうして長崎屋の奉公人だった藤兵衛様と結ばれたのでしょうか。読後、幸せな結婚っていいな～と思える一編です。


【今昔】

大火で全焼した家屋を新築した長崎屋。その祝いの最中に若だんなにもたらされたのは、松之助の縁談が決まったという、嬉しいけれど少し寂しい知らせ。でも、その祝い話も、陰陽師が操る不吉な式神や、貧乏神の金次の登場で、すっきり片付きそうもありません。いったい松之助さんの婚礼話はどうなっちゃうんでしょう？


【はるがいくよ】

新築した長崎屋の離れの前に植えられた桜の大木から遣わされた花びらの精・小紅と若だんなの一瞬の邂逅を描いた物語です。人の何倍もの早さで成長する小紅の時間を何とか止めようと奮闘する若だんなの気持ちが切なくて、思わず泣けてしまいます。

みぃつけた

ビジュアルストーリーブック『みぃつけた』H18年11月刊

▶本作巻末に収録

ねぇ、われがおまえたちを見つけたら、友だちになってね。一番のお友だちに！――「しゃばけ」シリーズから飛び出したビジュアルストーリー・ブック。可愛らしい短編にお馴染みのイラスト満載でお届けします！ひとりぼっちで寂しく寝込む幼い一太郎が見つけた「お友だち」は、古いお家に住み着いている小さな小さな小鬼たち。ちゃんと仲良くなれるかな？　いたずら小鬼と一太郎の愉快なかくれんぼ。

いっちばん

単行本『いっちばん』H20年7月刊▶文庫『いっちばん』H22年12月刊

若だんなに元気がない？　それはいつものことだけど、身体じゃなくて気持ちが鬱いでるって？　こうなりゃ、誰が一番若だんなを喜ばせられるか、一つ勝負といこうじゃないか——一歩ずつ大人の階段を登り始めた若だんなと、頼りになりそうでどこかズレてる妖たちが大人気の「しゃばけ」シリーズ第7弾！

【いっちばん】

兄・松之助さんが分家し、友の栄吉さんは隣の三春屋を出て修業に出、寂しそうな若だんな。見兼ねた妖たちは、誰がいちばん若だんなを喜ばせる贈り物を調達できるか、勝負することに。一方、通町ではたちの悪い掏摸事件が頻発。弱った日限の親分が若だんなのところに泣きついてきたのですが、どうやらその事件には大店の次男坊が関わっているらしく。妖たちの大活躍が楽しい一編です。

【いっぷく】

江戸でも有数の大店、長崎屋に強力なライバルが出現!? 唐物屋の小乃屋と西岡屋という、本家が近江にある新しいお店です。その両店が、長崎屋に「品比べ」を挑んできたからさあ大変。不思議なことに、競争相手の小乃屋の息子、七之助さんは、鳴家が見えているかのようなそぶり。若だんなも初対面のはずの七之助の顔に見覚えがあるのですが。さてさて、品比べの行方はいかに。

【天狗の使い魔】

なんと、若だんなが大天狗の六鬼坊に攫われた! 若だんなの祖母である皮衣様に、亡き友に仕えていた使い魔、管狐（くだぎつね）の引き渡しを頼むが断られてしまった六鬼坊は、若だんなの身と引き換えに皮衣様に願いを叶えさせようと大胆な行動に出たのです。そこへ狛犬や狐たちまでが加わって、大騒動に。若だんなは長崎屋に無事に帰れるの?

【餡子は甘いか】

若だんなの幼なじみ、三春屋の栄吉さんは菓子作りの腕を上げるべく、老舗の安野屋で修業中。でも、上達にはほど遠く落ち込む毎日です。そんなとき、店に盗みに入った八助という若い男が、主人に菓子作りの才を見抜かれ、安野屋の新たな弟子に。このままでは器用な八助に追い抜かれてしまう、と悩む栄吉さんでしたが……。

【ひなのちよがみ】

厚化粧をやめた一色屋のお雛さんは、見違えるほどかわいい娘さんに。傾きかけた店のため、新たな商品を売り出したはいいものの、許嫁の正三郎さんは渋い顔。どうやら取引相手、志乃屋の秀二郎さんがお雛さんとの縁談を望んでいるみたいなんです。どちらが婿にふさわしいか決めるべく、若だんなは二人にある勝負を提案します。

ころころろ

単行本『ころころろ』H21年7月刊▶文庫『ころころろ』H23年12月刊

体の弱さじゃ天下無双、今日も元気に（?）寝込んでる若だんなに、シリーズ最大のピンチ！ 朝起きたら、目から光が消えていた！ みんなで助けないといけないってときに、佐助が奥さんと暮らし始めたって!? どうなる、若だんな？「しゃばけ」シリーズ、末広がりの第8弾です。

【はじめての】

一太郎がまだ十二歳のときのお話。日限の親分が連れてきたのは十五のお沙衣さん。この女の子は目の悪いおっかさんのため、目の病に霊験あらたかな生目八幡宮に供えるべく、七つの宝を集めているそうなのです。ですが、お沙衣にその話をした昌玄という医者は、ちょっとうさんくさい人物で……。若だんなの知られざる初恋秘話。

【ほねぬすびと】

ある日、若だんなが目覚めると、目が見えなくなっていた!?　それだけでも大騒ぎなのに、長崎屋に別な厄介ごとが。久居（ひさい）藩の武士、岩崎が、領地の名産である干物の運搬を、廻船問屋である長崎屋の船に頼みたいとやってきました。お武家の依頼を断る訳にもいかず、しぶしぶ引き受けたはいいものの、江戸に着いた荷は空になっていてさあ大変!

【ころころろ】

どうやら若だんなの目が見えなくなったのは、生目神様が関わっているよう。生目神の玉を持っているらしい河童を捜しに奔走する仁吉さんは、小ざさという、女の子が取り憑いた人形の妖と、なぜか妖が見える人間の男の子、万太もお供にすることになってしまうのですが。仁吉さんが大活躍、ファンは必読です。

【けじあり】

なんと佐助さんに妻が?　しかも長崎屋も辞めて、自分の店を出している?　優しい妻との暮らしに満足している佐助でしたが、なんだか落ち着かない日々。妻のおたきが「店に鬼が出た」と騒ぎはじめるようになって、違和感はますます強くなっていき……。佐助さんファンには衝撃（?）の物語です。

【物語のつづき】

若だんなは未だ失明中。兄やたちはついに堪忍袋の緒がきれ、生目神を罠にかけて捕えるという手段に!あっさり兄やたちの手に落ちた生目神は、「昔ばなしの物語のつづきを言い当てたら、若だんなに目を返そう」と言いだしました。若だんなと妖たちは「桃太郎」や「浦島太郎」のその後を皆で推理しはじめます。果たして、若だんなの目の光は戻るのか!

9

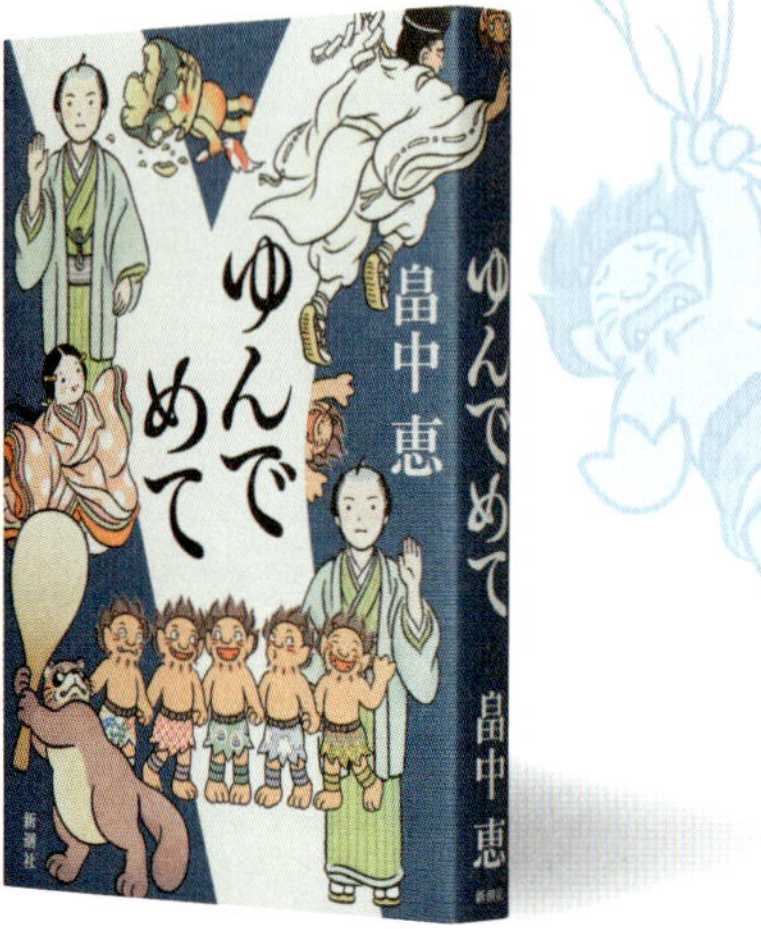

ゆんでめて

単行本『ゆんでめて』H22年7月刊▶文庫『ゆんでめて』H24年12月刊

屏風のぞきが、行方不明！ 左・右に分かれたあの道で、右を選んだ若だんな。それが全ての始まりだって？ 泣かないで、若だんな！ 佐助よりも強いおなご(!?)や、懐かしのあのキャラクターも登場。若だんなの淡い恋に、妖オールスターでのお花見で繰り広げられる〝化け〟合戦と、今作も絶好調に盛りだくさん。

【ゆんでめて】

分家した兄・松之助さんに子ができた！　祝いを持っていくことになった若だんなは、道中、二股の道で見かけた神らしき御仁の姿を追って、本来進むはずではなかった、右の道を行きます。そこから、若だんなは不思議な世界に足を踏み入れる事に。時は流れ四年後。離れの屏風のぞきがなんと行方不明に!?　若だんなは悲しみのなか日々を過ごしていますが――。

【こいやこい】

縁談が舞い込んできたのに、小乃屋の七之助さんはなぜか困り顔。許嫁の「千里」さんは、幼い頃に会ったっきり。なのに、上方からやってくる五人のおなごのうち、誰が本物の「千里」か当てろ、と難題を押しつけられたのです。弱った七之助さんは若だんなに知恵を借りようとするのですが。若だんなにもなんと恋の予感？　とっても華やかなお話です。

【花の下にて合戦したる】

春、桜の季節。妖たちを引き連れて、若だんなは飛鳥山へお花見にでかけました。広徳寺の寛朝さんや、王子の狐たち、狸の六右衛門、そしてなんと妖に混じって、栄吉さんや日限の親分までお花見に加わり賑やかなことに。しかし、豪華で派手なお花見の最中、見慣れぬ妖の仕業で、幔幕の間で若だんなは皆とはぐれてしまいます。

【雨の日の客】

大雨続きのお江戸。男たちに襲われかけた鈴彦姫は、長身でめっぽう強いおなごに助けられました。おね、と名乗るそのおなごは記憶をなくしており、身元の手がかりは、持っている不思議な美しい珠だけ。若だんなはその珠に見覚えがありました。どうやらその珠を探しまわっている輩もいるようで。一体この珠の正体は？　そしておねは何者？

【始まりの日】

物語の最初の日、弓手（左）に行くはずだった若だんなが馬手（右）に進んでしまったことは、あるうっかり者の神様のせいでした。そこで時を超えられる生目神様は、最初の日に戻り、若だんなを本来進むべき方向に行かせます。その後長崎屋では、八津屋という怪しい商人をめぐる騒動が。果たして若だんなの運命やいかに。

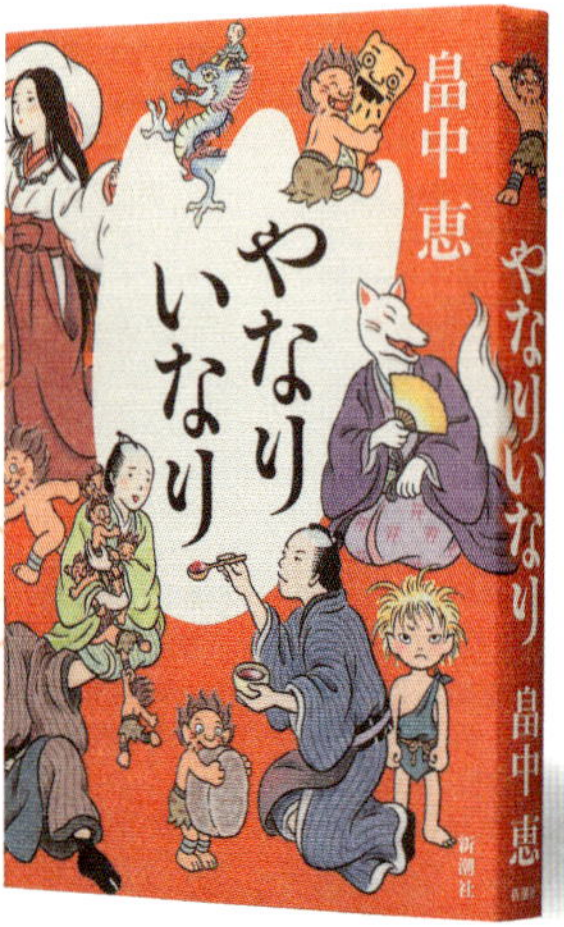

10

やなりいなり

単行本『やなりいなり』H23年7月刊▶文庫『やなりいなり』H25年12月刊

偶然みかけた美しい娘に、いつになく心をときめかせる若だんな。近頃日本橋通町では、恋の病が流行しているらしい。異変はそれだけに止まらず、禍をもたらす神々が連日長崎屋を訪れるようになって……。恋をめぐる不思議な騒動のほか、藤兵衛旦那の行方不明事件など、五つの物語を収録。妖たちが大好きな食べものの〝れしぴ〟も付いて、美味しく愉快な「しゃばけ」シリーズ第10作！

【こいしくて】

真冬の通町では、恋の病が流行中。若だんなも、美しいおなごに思わず見とれる。そんなとき長崎屋に、災厄や病をもたらす神々が訪れる。恋する気持ちが、病を跳ね返してしまうのだ、とぼやく神々。通りに出てみると、神や悪神、妖らが大勢集まってきていた。いったいなぜ?

【やなりいなり】

若だんなたちが守狐の「やなり稲荷」を食べていると、怪しい手が伸びる。正体は、若い男の幽霊。妙に饒舌な幽霊の正体を寄席芸人では、とにらんだ皆だが、それらしき死者はいないようで。しかし妖がある長屋で、堀川で溺れた幽霊にそっくりの男を見つける。しかしその男はまだ生きているようなのだ。

【からかみなり】

雨の降らない雷、空雷がお江戸に響いた日から、仕事に出た藤兵衛が三日も戻らない。心配する若だんなを囲み、屏風のぞき、守狐らもそれぞれに謎解きを繰り広げるが、真相には程遠そうだ。若だんなは三日前の雷が父親の行方不明に関係しているのでは、とひらめく。屏風のぞき独特の推理が楽しい一作。

【長崎屋のたまご】

逢魔が時、天から落ちてきた青くてまん丸の玉。玉はひとりでに長崎屋の外に出て行ってしまい、鳴家たちが追いかける。引き換えに若だんなの前にあらわれた総髪の若者は、百魅と名乗り、玉を落としたのは自分だという。やがて百魅の兄弟である魔たちがつぎつぎ長崎屋に登場し、玉の秘密が明らかに。魔の兄弟の派手な喧嘩が見物です!

【あましょう】

雨が降りそうなある日。友人の栄吉を訪ねて安野屋に出かけた若だんなだが、栄吉はいつになく忙しそう。浜村屋の新六が、親友の五一のために、と大量に菓子を買ったからだ。それなのに新六と五一はぎくしゃく。若だんなは、二人の間に縁談をめぐるいざこざがあったようだと勘付くが、突如思いもよらない出来事が起きる。

11

ひなこまち

単行本『ひなこまち』H24年6月刊▶文庫『ひなこまち』H26年12月刊

いつも元気に（!?）寝込んでる若だんなが、謎の木札を手にして以来、続々と相談事が持ち込まれるようになった。船簞笥に翻弄される商人に、斬り殺されかけた噺家、霊力を失った坊主、そして恋に惑う武家。そこに江戸いちばんの美女探しもからんできて——このままじゃ、ホントに若だんなが、倒れちゃう！　どきどきが止まらないシリーズ第11弾。

【ろくでなしの船簞笥】

長崎屋に届いた特注の櫓炬燵。その大きさに驚く若だんなの元に、鳴家が持ってきたのは謎の木札。炬燵と一緒にあったもののようなのですが、そこには、何者かの字で「助けて下さい」と書かれておりました。書いた主は誰か？　そこへ小乃屋の七之助さんが祖父の形見の船簞笥が開かないと相談に。この船簞笥、いろいろ揉め事を起こしている様で。

【ばくのふだ】

評判の噺家、場久の怪談噺を聞きに寄席へ出かけた若だんな。ところが客が刀を抜くという騒動に巻き込まれてしまいます。兄やの機転で逃げ出した若だんなですが、翌日には藤兵衛が悪夢をみたり、長崎屋に嫌な雰囲気が立ち籠めたりと何やら剣呑な様子。急いで広徳寺へ悪夢払い札をもらいにいくと、なんと札に描いた貘が消えていて――。場久さん初登場のお話です。

【ひなこまち】

浅草の人形問屋、平賀屋が雛小町を選び、その面を手本にひな人形をつくることに。大名家に納める平賀屋の人形となれば側室になれるかもと、江戸中の娘たちは大騒ぎ。しかも雛小町の番付をつくることになり、選者に藤兵衛の名が挙がると早速長崎屋のまわりをうろつく怪しい女が現れます。女の名は於しな。古着屋の娘で、藤兵衛の好みの着物を探ろうとしたようなのですが。

【さくらがり】

広徳寺へ花見にきた若だんな一行。他のお大名たちもいる中で、関東河童の大親分、禰々子が世話になった御礼にと河童の秘薬を渡しにいらっしゃいました。仁吉が貰った薬を見ていると、安居（あんご）と名乗る侍がぜひ薬を譲ってほしいと言い出します。話を聞けば、心底惚れている雪柳という女子の心がわからず、惚れ薬がほしいようなのですが、この安居、何か隠しているようなのです。

【河童の秘薬】

若だんなが雛小町の選者を引き受け、兄や達は身体を心配して大騒ぎ。でも、実は若だんなには考えがありました。雛小町を決めるのはなんと、あの木札に書かれた期日と同じ日。何か手掛かりがつかめるかもしれないのです。そこへ雪柳が子連れで訪れ、貰った河童の秘薬は何の効き目もなかったと悩んでいる様子。さらに一緒の子供に心当たりがないと言い出します。

12

たぶんねこ

単行本『たぶんねこ』H25年7月刊▶文庫『たぶんねこ』H27年12月刊

両国を仕切る親分の提案で、大店の跡取り息子三人が盛り場での稼ぎを競うことに。体の弱い一太郎は、果たして仕事を見つけられるのか。妖と恋人たちが入り乱れるお見合い騒動、記憶喪失になった仁吉、生きがい（?）を求めて悩む幽霊……兄やたちの心配をよそに、若だんなは今日もみんなのために大忙し。成長まぶしいシリーズ第12弾。

【跡取り三人】

両国を仕切る親分大貞の元で、誰が己の力で稼げるか勝負をすることになった若だんな。勝負をするのは武蔵屋の跡取り幸七、松田屋の跡取り小一郎、そして若だんなの三人。若だんなは、持ち物を売って金を作り、その金で仕入れた菓子を寄席で売ることにする。一方、小一郎は、若い娘御に頼まれ人探しを始めた。しかし男を追っていたところ、何者かに殴られてしまう。

【こいさがし】

おたえの元へ行儀見習いにきている於こんは、不器用でおてつに怒られてばかり。そこへ大貞親分の手下富松がやってきて、持参金目当てに縁結びをしようとしている親分の面子を潰さないよう、縁談を成立させたいという。若だんなは富松にほだされ、縁談を見繕うことに。半月後、佐助が武家と町人の娘の縁談を探してきたが、どうやらお武家には好いた娘がいるらしく。

【くたびれ砂糖】

長崎屋を訪れた栄吉。腹をくだした修業先の安野屋の主や番頭らの代わりに、足りなくなった砂糖を仕入れたいという。すると、一緒にきた平太という小僧の態度に妖たちが大激怒。仕返しをするため安野屋へ行ってしまい、若だんなも大慌てで後を追う。聞くと、三人の新米小僧たちが皆、態度が悪いとか。一方、主らの具合が治らないのは、薬に原因があるようで——。

【みどりのたま】

男は隅田川に浮いていた。川に落ちたがなんとか助かったらしい。頭を怪我して掌には血がついている。そして、男は己の名前を忘れてしまっていた……。身を探ると出て来た薬袋にある「長」の文字。掏摸に襲われてもびくともしない強さ。思わず口から出た「若だんな」という言葉。そして、老人からかけられた「白沢」という名前……。男は何者なのか、男の過去をめぐる不思議な一編。

【たぶんねこ】

見越の入道が月丸という幽霊を連れ長崎屋へやって来た。月丸は神の庭から江戸に戻りたいと思い詰め、江戸で暮らしていけるかどうか、一晩だけ己の力を試したいと言い出した。心配した若だんなは、兄や達に内緒で月丸に付き合ってあげることに。神の庭で狐に化け方を習っていた月丸は猫や鳥に化けて暮らしてみようとするがどうもうまくいかない。

13

すえずえ

単行本『すえずえ』H26年7月刊▶文庫『すえずえ』H28年12月刊

若だんなの許嫁が、ついに決まる!?　幼なじみの栄吉の恋に、長崎屋の危機……騒動を経て次第に将来を意識しはじめる若だんな。そんな中、仁吉と佐助は、若だんなの嫁取りを心配した祖母のおぎん様から重大な決断を迫られる。千年以上生きる妖に比べ、人の寿命は短い。ずっと一緒にいるために皆が出した結論は。一太郎と妖たちの新たな未来が開けるシリーズ第13弾。

【栄吉の来年】

栄吉がお見合いをしただって?友の縁談が気になってしかたがない若だんな。見合い相手のおせつは十八、菓子職人の娘で、妹のお千夜がいる。しかも妖が調べてみたところ、おせつにはほかに思い人がいるらしい。栄吉は栄吉で、とある神社でおなごにぶたれていたそうな。やがて、もつれにもつれた栄吉の縁談は、意外な展開を見せるのです。


【寛朝の明日】

天狗の六鬼坊から預かった祝い酒を持って、広徳寺の高僧・寛朝を訪れた若だんなは、寛永寺の名僧である寿真に出会う。皆は、寺に来た天狗、黒羽坊から、小田原宿の外れの寺で僧が食われたらしい、という物騒な噂を聞かされる。天狗に迫られ、寛朝はしぶしぶ妖らをおともに小田原に怪異を解決しに向かうのだが。戸塚の猫又さんたちが手ぬぐいをかぶって踊る〝猫じゃ猫じゃ〞シーンに注目です!

【おたえの、とこしえ】
藤兵衛の留守中に、上方から相場師・赤酢屋が乗り込んできた。長崎屋が商いにしくじり赤酢屋に迷惑をかけたので、その弁済として店をよこせ、とおたえに証文を見せる。証文は偽物だと見破った若だんなは、藤兵衛の身の危険を察し、兄やたちと上方にでかけることに。そこでつかんだ真相とは。米会所で若だんなが学んだ、大坂から江戸への画期的な伝達方法がすごい!

【仁吉と佐助の千年】

長崎屋の裏の長屋が火事で焼けてしまった。若だんなは、堂島の相場で福の神が儲けたお金をもとに土地を買い、二階建ての長屋に建て替えることにした。店子も埋まり、若だんなの評判が上がったことで、縁談が押し寄せてくる。一方、仁吉と佐助はそれぞれご恩のある方から呼び出され、長崎屋を一時離れることに。ファンが気になる若だんなの嫁取り問題が、いよいよこのお話で決着する!?


【妖達の来月】

金次、場久、おしろの三人が裏の一軒家で暮らすことになり、楽しい引越し作業がはじまった。若だんなからは三人それぞれに長火鉢、妖たちからも生活に必要な物が祝いに贈られたが、ふとしたすきにそれらの品がなくなってしまう。いったい誰に盗まれたのか。妖たちは質屋や古道具屋をまわり手がかりを探すのだが——。

14

なりたい

単行本『なりたい』H27年7月刊▶文庫『なりたい』H29年12月刊

許嫁も決まった病弱若だんなは仕事を覚えたくて仕方がない！　渋る兄や達を説き伏せて働いたものの、三日で寝こんじゃった。寝ながらできる仕事を探すことになったけど、悪戦苦闘。しかも消えた死体を探せとか、猫又の長を決めろとか、おまけに神様まで……。長崎屋の離れは今日も事件でてんてこまい！　シリーズ第14弾！

【妖になりたい】

跡取り息子として一人前の働きをしたいと店に出た若だんなだが、早々に寝込むことになり自信喪失。何か長崎屋のために役に立つことができないかと悩んだ末に考えたのは、新たな薬を作ること。だがそのために必要な蜜蠟を作っている甚兵衛から、「空を飛んでみたい」という奇妙な取引条件をつきつけられる。そこに天狗たちまでからんできて——。

【人になりたい】

自らが作った菓子を持ち寄って楽しむ〝江戸甘々会〟。新入りの安さんは、会が催される離れに仲間の一人、勇蔵の死体を発見する。ところがその死体は突如姿を消してしまう。しかも安さんとは、栄吉の奉公先、安野屋の主人だった。安野屋を助けるため推理をはじめた若だんなたちは、勇蔵の正体は妖ではないかと疑うが、どうやらそうではないらしい。

【猫になりたい】

江戸では珍しい手ぬぐい染屋である青竹屋の春一が、長崎屋を訪ねてきた。実は彼は、両親と自分に先立たれた弟を見守るために転生した、猫又だった。折しも妖たちの一軒家には、戸塚宿の猫又たちの長である虎と、藤沢宿の長・熊市が来ており、どちらが日本一の座にふさわしいかでもめていた。猫又らは、若だんなにぜひその勝負を仕切ってもらおうと言い出したから、さあ大変!

【親になりたい】

長崎屋の女中、おようは、子ができないために離縁された過去があった。そんなおようを心配した女中頭のおくまは、煮売り屋の柿の木屋との見合いをさせるが、彼は貰われ子の幼い三太を育てていた。この三太が手のつけられない暴れん坊で、おようの縁談に暗雲が立ち込める。優しさが胸にしみる、人情味たっぷりの一編です。

【りっぱになりたい】

茶問屋古川屋の若だんな、万之助が亡くなった。通夜で万之助の霊に出会った一太郎は、奇妙な頼みごとを受けることに。両親を安心させるために、自分は何に生まれ変わればいいのか考えて欲しいというのだ。そんなとき、万之助の妹、お千幸がかどわかされてしまう。一太郎は、幽霊である兄・万之助とともに手がかりを探すが。物語の序章で、神様に「来世何になりたいのか」と問われた一太郎の願いも、終章で判明!

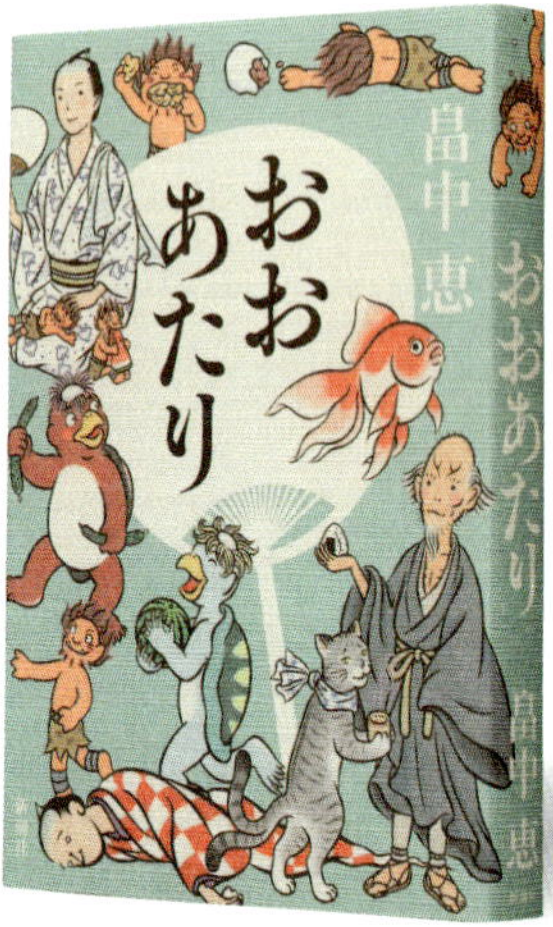

おおあたり

単行本『おおあたり』H28年7月刊▶文庫『おおあたり』H30年12月刊

江戸の大店長崎屋の病弱若だんなは、この夏も寝込んでばかり。父上の仕事の手伝いをもっとしたいのに、心配性の兄や達に止められ、なかなか上手くいかない。一方、菓子職人として修業中の若だんなの親友・栄吉はようやく美味しい「あられ」を作ることができた！　それなのに、なぜか栄吉の婚約が窮地に!?　シリーズ第15弾。

【おおあたり】

相変わらず餡子作りは下手な栄吉だが、新作の〝辛あられ〟が江戸で大ヒット。栄吉の許嫁であるお千夜の父、権三郎は、すぐに二人に祝言を挙げさせたいと願うが、餡子が一人前に作れない自分には、嫁取りはまだ早いと渋る。そこへ紀助という男がお千夜に惚れたと言い出した。どうする栄吉!?　おまけに偽の辛あられが売り出されて……。

【長崎屋の怪談】

暑いお江戸の夏。少しでも涼もうと、場久が一軒家で怪談噺を披露してくれて大盛況。ところがその後、場久自身が怪談と同じように誰かに追われるようになったらしい。しかも怪談を聞きに来ていた岡っ引きが行方不明になり、日限の親分が疑いの目を向けられる。

【はてはて】

通りでぶつかった男が金次にくれた増上寺の富札。なんとそれは百両以上になる当たり札だった。ところが二枚しかないはずの当たりの富札が三枚出てきて、どれか一枚はどうやら偽物のようだ。一方、長崎屋にある富札が当たったという噂を聞きつけ、三人のおなごがそれぞれの事情で金の無心にやってきた。

【あいしょう】

一太郎が五つのころのお話。おぎん様に一太郎の世話を頼まれ、長崎屋で小僧として働くことになった仁吉と佐助は、実は最初、互いになかなか打ち解けなかった。あるとき大事な一太郎が離れからいなくなり、二人は必死で江戸の町を探し回る。なぜおぎん様は仁吉と佐助に一太郎を託したのか。兄やファンは必読です。

【暁を覚えず】

病のために仕事をあきらめたくない若だんな。猫又の薄墨が持ってきた「暁散」という妙薬に頼ることに。飲むと丸一日寝てしまうが、次の日は一日元気に過ごせるのだという。薬を飲んだ若だんなだが、途中で目を覚ましてしまい、兄の松之助が訪ねてきたのを知る。松之助は最近、妻のお咲のことで悩んでいて……。藤兵衛とおたえ夫妻がかわいい、素敵なお話です。

16

とるとだす

単行本『とるとだす』H29年7月刊

長崎屋の主が死んだって!? それって、若だんなのおとっつぁんのこと――? 長崎屋にいったい、何が起きているの? 何より、病弱若だんなに跡を継げるの? だ、大丈夫かな……?

おまけに、骸骨も襲ってくるしと、心配事がつきない若だんなは果たして無事なのか。ハラハラドキドキの第16弾。

【とるとだす】

藤兵衛が倒れた！　薬種問屋の集まりで広徳寺にいた若だんなたち、おとっつぁんがいきなり倒れたので大慌て。濃い薬をいくつも一遍に飲んだようですが、いったい何の薬を飲んだのか？　そういえば、何故かしきりに薬種問屋たちが若だんなに薬を薦めてたけど……。そのうち薬種問屋たちが喧嘩をし始めます。どうやら「和薬改会所」っていうのが関係あるみたい。

【しんのいみ】

海の向うに現れた蜃気楼。中にいると記憶が薄れてしまい、一度入れば、帰ってくるのは簡単ではない危ないところです。ところが、若だんなはいつのまにか蜃気楼の中に入り込んでおりました。そこで出会ったのは喜見という若者、坂左という童子、そして行方不明になった息子を探す五助という男。少しずつ記憶が薄れていく若だんなの目的とは。

【ばけねこつき】

長崎屋を突然訪れた染物屋、小東屋の一行。なんと若だんなに縁談を持ちかけます。話を聞いてみると、美人の娘のお糸が化け猫憑きと噂がたち、縁談は破談に。番頭の探してきた易者に見せると、長崎屋の名があがったそう。小東屋は縁談がまとまれば、毒消しの妙薬「明朗散」を持たせるといいます。でも、お糸に化け猫なんて憑いてはいないようでして。

【長崎屋の主が死んだ】

「この屋の主は、死なねばならん」長崎屋に突然現れた狂骨。狂骨とは恨みとともに井戸で死んだ者の骨。それが、主を呪い殺すというものだから、藤兵衛が死んでしまうと大騒ぎ。狂骨はどこの誰なのか。妖たちが調べ始めると出てきたのは、江戸中で起きた怖ろしい骨にまつわる事件の数々。その頃、広徳寺でも、安時という僧が吉原の遊女に惚れてしまい騒ぎになっておりました。

【ふろうふし】

なかなか快復しない藤兵衛を助けるため神仙の住まう常世の国へ、薬を取りに向かった若だんな。薬は少彦名という神が持っているそうなのですが、何せ常世の国は遥か遠くの国らしい。しかし、栗に弾かれ向かった先は、神田明神に似た神社の境内。ここが本当に常世の国？　しかもいきなり、不老不死の実を探す侍に襲われたところを、小さな法師に助けられます。

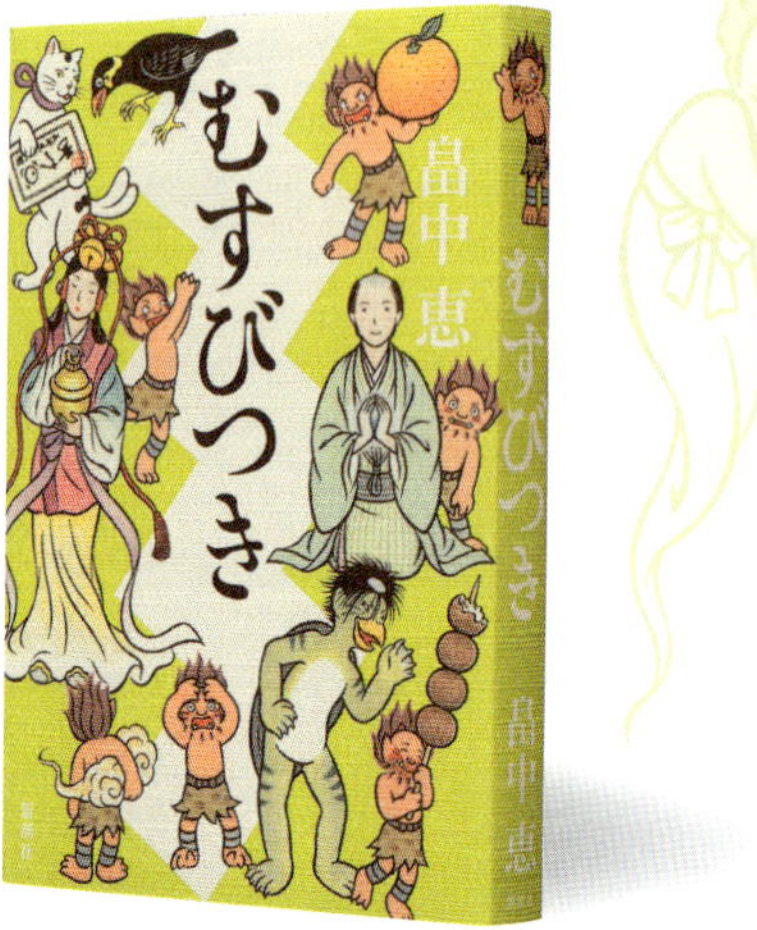

むすびつき

単行本『むすびつき』H30年7月刊

自称「若だんなの生まれ変わり」という死神が、三人も長崎屋に乗り込んできちゃった！　その上、前世の若だんなに会ったことがあると言い出す妖が続出？　前世の若だんなって、いったいどんな人だったの？　妖は長い時を生きる。けど、人はいずれ……。だけど、みんなと一緒なら、明日へ行ける！　大人気シリーズ第17弾。

【昔会った人】

上野の広徳寺の高僧、寛朝のもとにやってきた蒼玉（そうぎょく）。その玉は付喪神になりかけていて、「若長（わかおさ）に会いたい」と話す。金次はこの玉に心当たりがあるようで、二百年ほど昔、まだ日の本が戦を繰り広げていた時代に出会った若者の話をはじめる……。輪廻転生の神秘を感じさせる、切なく不思議な物語。


【ひと月半】

若だんなが湯治に出かけてしまい、暇な妖たちの前に、三人の自称・死神が現れたが、どうもうさんくさい。そこで誰が本物の死神かを見極めるべく、化け比べをすることに。なぜか日限の親分も登場し、見物人がぞろぞろ。さらに河童もかかわってきて珍騒動は思いもよらぬ結末を迎える。

【むすびつき】
鈴彦姫が、自分の鈴が納まる五坂神社で、生まれ変わる前の若だんなを見つけたという。それは、五十年以上前に亡くなった、星ノ倉宮司。彼の死とともに金粒が無くなるなど不審な点が多く、ときどきその幽霊も出るそうな。星ノ倉の死をきっかけに貧乏になった五坂神社では、いよいよ金に困り鈴彦姫の鈴も売り払われそうに——。

【くわれる】

もみじと名乗る美しい娘が若だんなを訪ねてきた。その正体は悪鬼。三百年前、生まれ変わる前の若だんなに惚れていたのに、親から縁談を押し付けられて、逃げてきたのだ。傍らにはもみじの許嫁の悪鬼、青刃が。ちょうど居合わせた栄吉も、ある悩みを抱えていた。騒動の最中にもみじが誘拐されて、さらに事態は剣呑に！


【こわいものなし】

長崎屋には人ならぬ者がいる、ということを偶然知った男、夕助。彼は生まれ変わりの秘密を知りたいと若だんなたちにせがむ。面倒がった兄や達は夕助を寛朝にまかせると決め、長崎屋一行は上野へ。ところが広徳寺では、神職と僧との間で厄介ごとが起きていた！　輪廻を信じてみたくなる一編です。

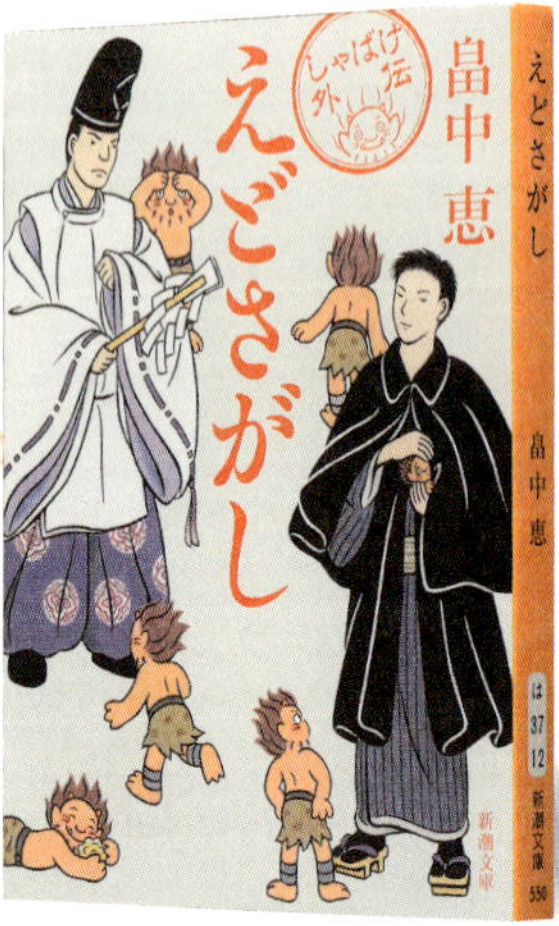

外伝1

えどさがし

えどさがし

文庫『えどさがし』H26年12月刊

「しゃばけ」シリーズ初の外伝、文庫オリジナルで登場です！　時は流れて江戸から明治へ。夜の銀座で、とんびを羽織った男が人捜しをしていた。男の名は、仁吉。今は京橋と名乗っている。そして捜しているのは、若だんな!?　手がかりを求めて訪ねた新聞社で突如鳴り響く銃声！　事件に巻き込まれた仁吉の運命は――表題作「えどさがし」のほか、お馴染みの登場人物が大活躍する全五編。

【五百年の判じ絵】

弘法大師の絵より生まれてきた犬神。大師亡きあと、あてもない長い旅に出た犬神は、いつの頃か佐助と名乗るようになった。旅の途中、三島宿の茶屋で判じ絵を見かけた佐助は、それが自分宛てであるような気がしてならない。ひょんなことから同道することになった化け狐たちを助けた佐助は、ようやく判じ絵の謎に思い至り……。千年という長い年月を生きて来た佐助が若だんなに出会う前のお話です。

【太郎君、東へ】

河童の大親分、禰々子姐さんが主人公。坂東太郎と呼ばれる利根川が、最近大水を出す。太郎いわく、人間が利根川で普請をはじめたせいなのだそう。太郎に機嫌を直してもらうため、禰々子はしぶしぶその理由を探ることに。そして、普請を指揮する若侍、小日向に出会うが——。大河をめぐる人間と妖の物語。

【たちまちづき】

こちらは上野は広徳寺の高僧、寛朝さんが主人公。口入屋大滝屋の主人である夫の安右衛門が「おなご妖」に取り憑かれていると言い張る妻、お千の相談を受けた寛朝。だが妖を見る力の強い秋英が調べても、まわりに妖の気配はない。そんなとき、安右衛門が怪我をすると、お千が商売の実権をにぎりはじめて……。

【親分のおかみさん】

おなじみの日限の親分ですが、その私生活は謎。実は本名は清七、そして病弱なおかみさん、おさきと暮らしているんです。あるとき二人の住む長屋の土間に、赤ん坊が捨てられていたから大変。子のないおさきは、もしや清七が外のおなごに産ませた子ではと疑うが、長屋に市松と名乗る見目の良い男があらわれ、赤子は主人と妾の子ではないかという。さらには炭問屋の女中頭、お時も赤子を探しにやってくる。いったいこの子はどこの誰?

【えどさがし】

舞台は、江戸から明治へ。東京の町をさまようマント姿の仁吉と、その鞄に潜んだ鳴家たち。探しているのは、生まれ変わっているかもしれない若だんなだった。いまは銀座の長崎商会で商いをしている仁吉だが、手がかりを探しに訪れた新聞社で発砲事件に巻き込まれる。佐助はどこに? 屏風のぞきは? 金次と鈴彦姫も登場? そしてみんなは若だんなに会えるの?

しゃばけ漫画❖仁吉の巻

バンチコミックス『しゃばけ漫画　仁吉の巻』H26年12月刊
▶文庫『しゃばけ漫画　仁吉の巻』H28年12月刊

しゃばけファンの夢、ついに実現! 高橋留美子、みもり、えすとえむ、紗久楽さわ、鈴木志保、吉川景都、岩岡ヒサエの全7名の人気漫画家の先生方が「しゃばけ」をコミカライズ。しゃばけがもっと好きになるコミック・アンソロジーです。

しゃばけ漫画❖佐助の巻

バンチコミックス『しゃばけ漫画　佐助の巻』H26年12月刊
▶文庫『しゃばけ漫画　佐助の巻』H28年12月刊

奇跡のコミック・アンソロジーが登場!　萩尾望都、雲田はるこ、つばな、村上たかし、上野顕太郎、安田弘之の全6名の豪華漫画家の先生方に加え、絵師・柴田ゆうの4コマも収録!　しゃばけ愛が溢れだす一冊です。

コミカライズ

しゃばけ 1巻（コミックス版）

漫画＝みもり
バンチコミックス『しゃばけ1巻』H30年4月刊　〈続刊予定〉

漫画になった若だんなや妖たちに会える！　漫画家・みもり先生が手がける第一作『しゃばけ』を原作にしたファン待望のコミカライズ作品です。小説とともに読めば楽しさ倍増間違いなし！

エッセイ集

つくも神さん、お茶ください

単行本『つくも神さん、お茶ください』H21年12月刊
▶文庫『つくも神さん、お茶ください』H24年12月刊

こんなに素敵な「しゃばけ」ワールドを生み出した人ってどんな人？　戯作者畠屋さんのほんわかとしたお人柄が伝わる貴重なエッセイ集でございます。日本ファンタジーノベル大賞優秀賞〈受賞の言葉〉から、愛する本や映画、音楽のこと。修業時代の苦労話に中国爆食ツアー、創作秘話やあっと驚く意外な趣味も。さらにはここでしか読めない書き下ろし随筆まで、てんこもり！　大ベストセラー作家の日常は、こんなに朗らかで、にぎやか。ファン垂涎の永久保存版です！

主な登場人物関係図

●夫婦関係
●血縁関係
人間
伊三郎（故人）
■一太郎の祖父
おたえ
■一太郎の母（妖とのハーフ）
藤兵衛
■一太郎の父
松之助
■一太郎の腹違いの兄
溺愛
お世話
信頼
若だんな（一太郎）
■主人公
許嫁
於りん
■材木問屋・中屋の娘（妖が見える）
弟のように甘やかす
親友
様々な江戸の事件を語る（解決するのは若だんな）
広徳寺の人びと
寛朝
■妖封じで有名な僧
秋英
■寛朝の弟子
栄吉
■菓子屋・三春屋の跡取り息子
日限の親分（清七）
■岡っ引き（通町界隈が縄張り）

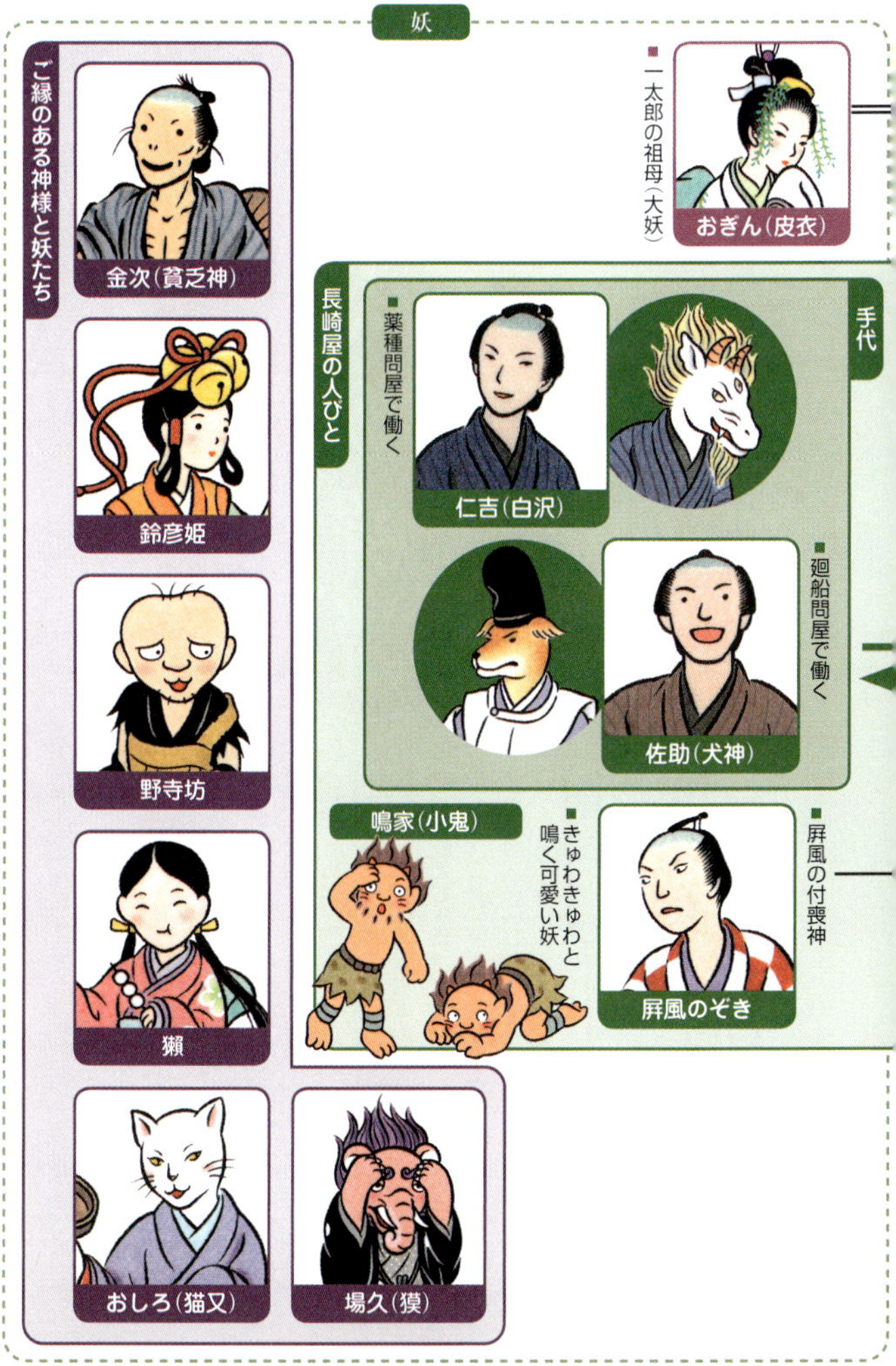
■一太郎の祖母（大妖）
おぎん（皮衣）
手代
■薬種問屋で働く
仁吉（白沢）
■廻船問屋で働く
佐助（犬神）
長崎屋の人びと
鳴家（小鬼）
■きゅわきゅわと鳴く可愛い妖
■屏風の付喪神
屏風のぞき
ご縁のある神様と妖たち
金次（貧乏神）
鈴彦姫
野寺坊
獺
おしろ（猫又）
場久（獏）

おこぐとあゆぞうによる

しゃばけシリーズ 登場人物解説

これであなたも
しゃばけ通《つう》!?
虚弱体質若だんなと
取り巻く人たち、
妖《あやかし》たち
ここに一挙大公開！

長崎屋の人々と妖

【若だんな《わかだんな》】

お名前は一太郎とおっしゃいますが、若だんなとお呼びしています。廻船問屋兼薬種問屋、長崎屋の一人息子でいらっしゃいます。『しゃばけ』に登場した時は数えで十七歳。心優しく、とっても利発。しかしたびたび寝込むほど病弱なので、旦那様や奥様、二人の手代さんは何よりも若だんなの健康を気にかけていらっしゃいます。しかも若だんなには秘密が。おばあ様が大妖でいらっしゃるので、妖たちの姿を見ることができるのです。

仁吉《にきち》（白沢《はくたく》）

長崎屋の手代です。実は、白沢という万物を知るといわれている妖。切れ長の目と整った顔立ちが江戸の娘たちに人気です。以前は若だんなのおばあ様、おぎん様に仕えていました。豊富な薬の知識で、若だんなのためにさまざまな薬を調合しますが、時々ものすごい味がするのだとか。

佐助《さすけ》（犬神《いぬがみ》）

同じく長崎屋の手代ですが、その正体は犬神という妖です。同じくおぎん様から遣わされました。六尺近い偉丈夫で、片手で人を持ち上げられるほど強い力を持っています。普段は仁吉さんとともに若だんなを大切にお守りしていますが、手代としては水夫たちを仕切って廻船問屋での仕事をこなしています。

長崎屋の人々と妖

鳴家《やなり》

身の丈数寸の恐ろしい顔をした小鬼たち。家の中できしむような音を立てるのが特徴。若だんなと甘いお菓子が大好き。ときどき若だんなの推理を手伝います。鳴き声は「きゅわきゅわ」。

屏風のぞき《びょうぶのぞき》

若だんなの暮らす離れに置かれた古い屏風が化した付喪神です。派手な石畳紋の着物をぞろりと着こなします。皮肉屋でときどき兄やたち二人に叱られますが、若だんなの良き遊び相手です。

金次《きんじ》

長崎屋に居ついた貧乏神。でも長崎屋のことは貧乏にしません。ガリガリに痩せた下男の姿に化けています。おしろ、場久と三人で長崎屋の裏の一軒家に住んでいます。

おしろ

人に化ける猫又です。色っぽい姐さんの姿をしていますが、ときどき四郎という男の姿にもなります。

守狐《もりぎつね》

大妖のおぎん様が、娘のおたえ様に付け守らせている眷属です。母となったおたえ様を今も守っています。

場久《ばきゅう》

悪夢を食べる獏ですが、噺家の姿に化け、「本島亭場久」という名で高座に出ているんです。

長崎屋の人々と妖

鈴彦姫《すずひこひめ》

鈴の付喪神です。若い娘の姿になって、若だんなの代わりに調査に出かけたりもします。

獺《かわうそ》

振袖を着た小姓姿の美童に化けた妖。野寺坊とともに行動することが多いです。

野寺坊《のでらぼう》

貧乏な坊主の格好をした妖です。若だんなの手足になって情報収集に勤しんでいます。

お獅子《おしし》

若だんなが湯治に出かけた際に、付喪神となった古い印籠の蒔絵の獅子です。

おたえ

若だんなの母上。実は、大妖おぎん様と人である伊三郎様との間に生まれました。そのせいかちょっと浮世離れした美人です。一人息子の病弱ぶりをいつも心配しています。

藤兵衛《とうべえ》

長崎屋の主人で、若だんなの父上です。五尺五寸ほどの上背のある、力強さを感じさせるお方。もとは長崎屋の手代でしたが、おたえ様に惚れられて、婿に入りました。

長崎屋の人々と妖

おぎん

若だんなのおばあ様。齢三千年の、皮衣という大妖です。既に人の世を去り、今は荼枳尼天様に仕えています。

伊三郎《いさぶろう》

若だんなのおじい様。西国の武士でしたが、おぎん様と出会い江戸に駆け落ち。長崎屋を構えました。

おくま

若だんなの乳母やです。女中たちを仕切るたくましいお人。

松之助《まつのすけ》

若だんなの腹違いの兄上です。藤兵衛様が他のおなごに産ませた子でした。他家に奉公していましたが、長崎屋で働くようになり、やがて自分の店を構えます。

ご縁のある人々

栄吉《えいきち》

薬種問屋のお隣にある菓子屋、三春屋の跡取り息子で、若だんなの親友です。菓子作りの修業中ですが、餡子を作るのが致命的に下手……。でもほかの菓子作りに才能があるようで。

於りん《おりん》

なぜだか鳴家が見える女の子。深川にある材木問屋、中屋の娘です。

日限の親分《ひぎりのおやぶん》

通町界隈を縄張りにしている岡っ引き。若だんなにお江戸の色々な事件を語ってくれます。

おさき

日限の親分のおかみさん。病弱ですが、実は芯の強いお人です。

ご縁のある人々

寛朝《かんちょう》

妖封じで有名な広徳寺の高僧です。寄進を集めるのが大好きで、長崎屋からもたっぷりせしめています。

寿真《じゅしん》

東叡山・寛永寺の高僧。同じく妖封じで高名。

源信《げんしん》

若だんなのかかりつけの医師。腕は確かですが謝礼も高いです。

秋英《しゅうえい》

寛朝様のお弟子さんで、妖を見る力があります。

物語を彩る妖と人々

見越の入道《みこしのにゅうどう》

●主な登場作品『しゃばけ』

二人の兄やも一目を置く、偉い妖です。おぎん様とは昔からの知り合いです。

狐者異《こわい》

●主な登場作品『おまけのこ』

人にも妖にもなじめない孤独な妖です。

蛇骨婆《じゃこつばば》

●主な登場作品『しゃばけ』

白髪頭の老婆のような姿の妖です。

荼枳尼天《だきにてん》

●主な登場作品『しゃばけ』

神なる存在。おぎん様がお仕えしている方です。

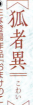

比女《ひめ》

●主な登場作品『うそうそ』

箱根の山神様の御子様です。何千年も生きているのに童姿。

お雛《おひな》

●主な登場作品『おまけのこ』

於りんの叔父の許嫁。心優しい娘ですがとても厚化粧。

お咲《おさき》

●主な登場作品『ちんぷんかん』

米屋、玉乃屋の娘さんで、のちに松之助さんの妻に。

小紅《こべに》

●主な登場作品『ちんぷんかん』

桜の花びらの妖。生きられる時間は半月あまり……。

小ささ《こささ》

●主な登場作品『ころころろ』

亡くなった女の子が乗り移った小さなお人形さん。仁吉に助けを求めます。

お沙衣《おさい》

●主な登場作品『ころころろ』

目の悪い母親に尽くす少女。若だんなの初恋の人!?

かなめ

●主な登場作品『ゆんでめて』

上方からやってきたおなご。若だんなが意識した相手!?

物語を彩る妖と人々

〔六鬼坊《ろっきぼう》〕

●主な登場作品『いっちばん』

信濃山の山神に仕える大天狗。

〔黒羽坊《くろはぼう》〕

●主な登場作品『すえずえ』

六鬼坊の知り合いの天狗。ある悩みを抱えています。

〔冬吉《ふゆきち》〕

●主な登場作品『ちんぷんかん』

若だんなが冥界で出会ったやんちゃ坊主です。

〔小乃屋七之助《おのやしちのすけ》〕

●主な登場作品『ゆんでめて』

冬吉の兄。上方からやってきた小乃屋の跡取り息子。

〔五徳《ごとく》〕

●主な登場作品『ころころろ』

佐助への恩返しに来た妖。大きな体の割に役立たず？

物語を彩る妖と人々

阿波六右衛門《あわろくえもん》

●主な登場作品『ちんぷんかん』

和算指南の浪人に化けていましたが、その正体は古狸。

生目神《いきめがみ》

●主な登場作品『ころころろ』

生目八幡宮の主神。若だんなの失明の原因を作る困った神様です。

禰々子《ねねこ》

●主な登場作品『ゆんでめて』

長身でめっぽう強いおなご。実は関東河童を率いる大親分なんです。

坂東太郎《ばんどうたろう》

●主な登場作品『えどさがし』

利根川の化身。禰々子姐さんに気があるが相手にされません。

万太《まんた》

●主な登場作品『ころころろ』

妖が見える少年。広徳寺でお世話になることに。

権太《ごんた》

●主な登場作品『ゆんでめて』

「鹿島の事触れ」と呼ばれる吉凶を告げる者たちの一人です。

〈橋姫《はしひめ》〉

●主な登場作品『やなりいなり』

京橋を守る美しい神様。結界を張って町を守るのが務めですが……。

〈百魅《ひゃくみ》〉

●主な登場作品『やなりいなり』

長崎屋に現れた、魔の兄弟の末っ子です。

〈安居《あんご》〉

●主な登場作品『ひなこまち』

禰々子が若だんなにくれた河童の秘薬を欲しがるお侍さんです。

〈時花神《はやりがみ》〉

●主な登場作品『やなりいなり』

病が流行すると一時的に祀られ、やがて捨てられる神様。若者の姿をしています。

〈雪柳《ゆきやなぎ》〉

●主な登場作品『ひなこまち』

安居の奥方。秘めた切ない思いを抱えています。

〈月丸《つきまる》〉

●主な登場作品『たぶんねこ』

神の庭にいた幽霊ですが、江戸に帰りたがっています。

〈大貞親分《おおさだおやぶん》〉

●主な登場作品『たぶんねこ』

両国を仕切る親分。若だんなが成長するきっかけをくれます。

物語を彩る妖と人々

お千夜《おちよ》

●主な登場作品『すえずえ』

菓子職人の娘で、栄吉の許嫁になりますが……。

紀助《きすけ》

●主な登場作品『おおあたり』

上方の料理屋の息子。お千夜に惚れてしまいます。

権三郎《ごんざぶろう》

●主な登場作品『すえずえ』

お千夜の父で、菓子職人。中里屋で働いています。

虎《とら》

●主な登場作品『なりたい』

戸塚宿で猫又たちを仕切る長です。

熊市《くまいち》

●主な登場作品『なりたい』

藤沢宿で猫又らを仕切る長で、虎の好敵手です。

山童《やまわらわ》

●主な登場作品『すえずえ』

普段は山に暮らす、一つ目の童子の姿をした妖です。

万之助《まんのすけ》

●主な登場作品『なりたい』
茶問屋、古川屋の若だんな。若くして亡くなってしまいました。

安野屋《やすのや》

●主な登場作品『なりたい』
栄吉の修業先の菓子屋、安野屋の主人です。江戸甘々会の一員。

柿の木屋《かきのきや》

●主な登場作品『なりたい』
若い煮売り屋。幼い三太を拾い育てています。

甚兵衛《じんべえ》

●主な登場作品『なりたい』
上総の村の名主で、蜂蜜を作っています。少々変わり者。

三太《さんた》

●主な登場作品『なりたい』
三つぐらいの利かん坊。

狂骨《きょうこつ》

●主な登場作品『とるとだす』
恨みとともに井戸で死んだ者の骨。実は悲しい秘密を隠しています。

物語を彩る妖と人々

枕返し《まくらがえし》

●主な登場作品『とるとだす』

枕を返すことで人の命を奪うという剣呑な妖です。

少彦名《すくなひこな》

●主な登場作品『とるとだす』

常世の国に住む、医薬やまじないの神です。

大黒天《だいこくてん》

●主な登場作品『すえずえ』

七福神の一人で、商売の神様です。えらい神なのにちょこちょこ出没!?

根棲《ねずみ》

●主な登場作品『とるとだす』

大黒天のお供をしています。

お糸《おいと》

●主な登場作品『とるとだす』

小東屋の娘です。〝化け猫憑き〟の噂を立てられてしまいます。

もみじ

●主な登場作品『むすびつき』

麗しい娘御の姿をしていますが、その正体は人を喰う鬼女なんです。

夕助《ゆうすけ》

●主な登場作品『むすびつき』

長屋に住む男ですが、長崎屋の妖たちの秘密を知ってしまいます。

星ノ倉宮司《ほしのくらぐうじ》

●主な登場作品『むすびつき』

五坂神社のかつての宮司。生まれ変わる前の若だんなという疑惑が。

青刃《あおば》

●主な登場作品『むすびつき』

もみじの許嫁だった悪鬼です。

若長《わかおさ》

●主な登場作品『むすびつき』

二百年以上前、瀕死の金次を助けたお人。親が長だったため、こう呼ばれていますが、本名は春七郎です。

ダンゴ

●主な登場作品『むすびつき』

長屋の女、笹女の飼い猫で、猫又になっています。

Before

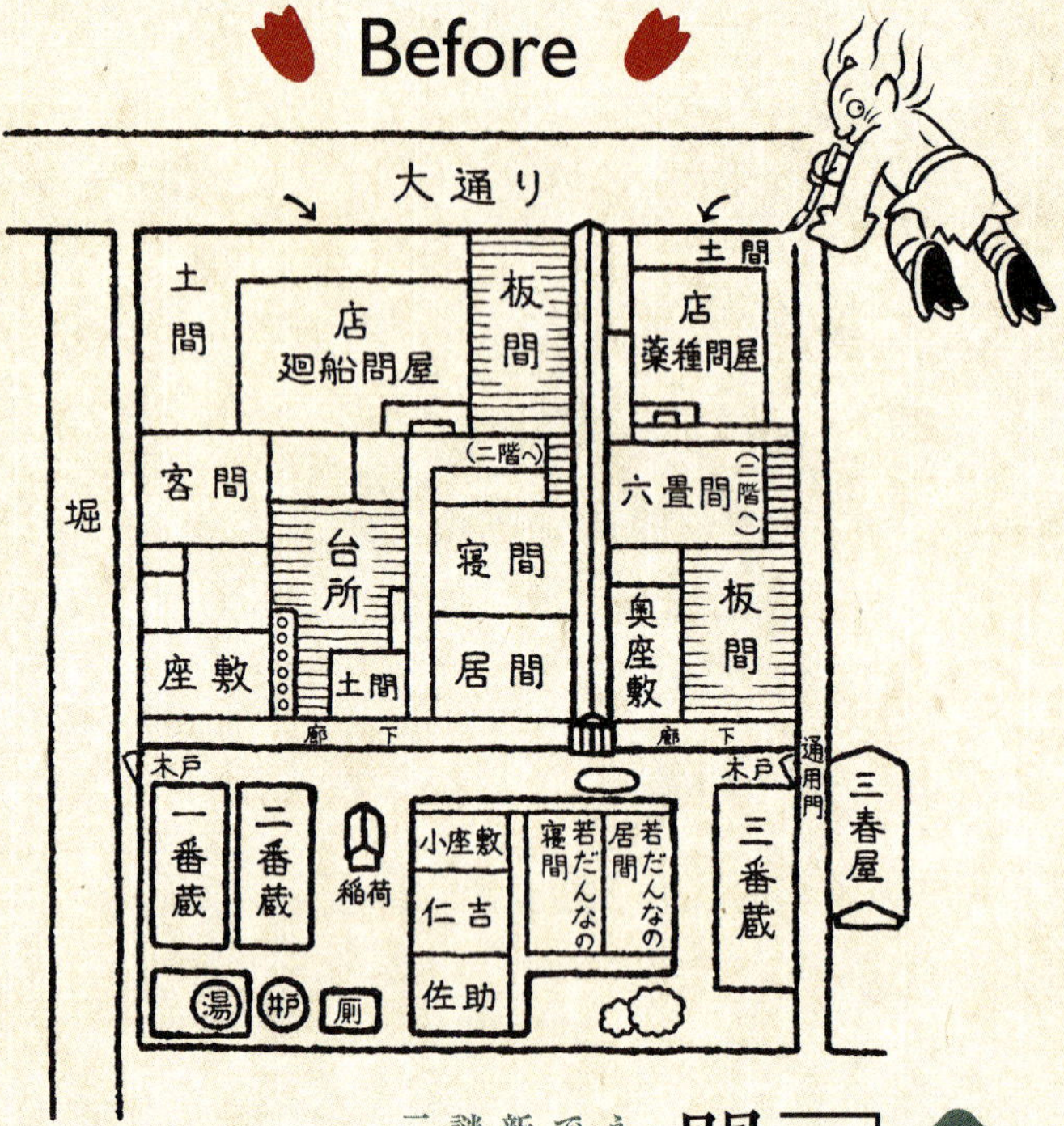

新 旧

「長崎屋間取り図」

ええっ！ 長崎屋が焼けちゃった!?
でも大丈夫。『ちんぷんかん』では
新しい長崎屋が完成しました。
謎につつまれていた
二階の様子も大公開!!

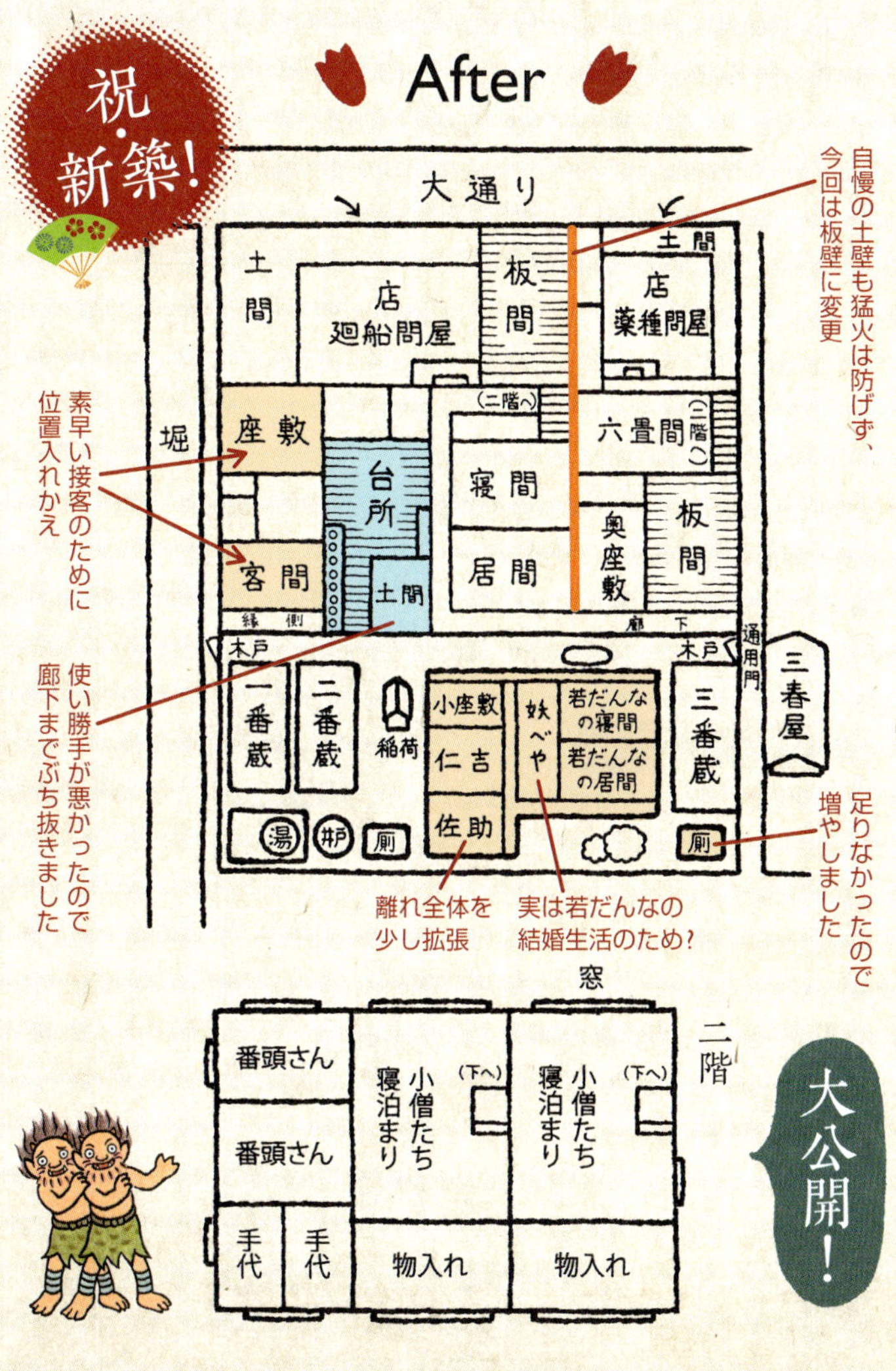
祝・新築!
After
大通り
土間
店
廻船問屋
板間
土間
店
薬種問屋
自慢の土壁も猛火は防げず、今回は板壁に変更
(二階へ)
六畳間
(二階へ)
座敷
台所
寝間
奥座敷
板間
素早い接客のために位置入れかえ
堀
客間
土間
居間
縁側
廊下
木戸
木戸
通用門
三春屋
一番蔵
二番蔵
稲荷
小座敷
妖べや
若だんなの寝間
仁吉
若だんなの居間
三番蔵
使い勝手が悪かったので廊下までぶち抜きました
湯
井戸
厠
佐助
厠
足りなかったので増やしました
離れ全体を少し拡張
実は若だんなの結婚生活のため?
窓
番頭さん
小僧たち寝泊まり
(下へ)
小僧たち寝泊まり
(下へ)
二階
番頭さん
手代
手代
物入れ
物入れ
大公開!

「妖たちの一軒家」が見たい！

『すえずえ』で長崎屋の裏に建った二階長屋と一軒家。一軒家には、人に化けたおしろ、金次、場久が暮らし始めました。そこは離れと同じぐらいワクワクする場所に！

一軒家の位置

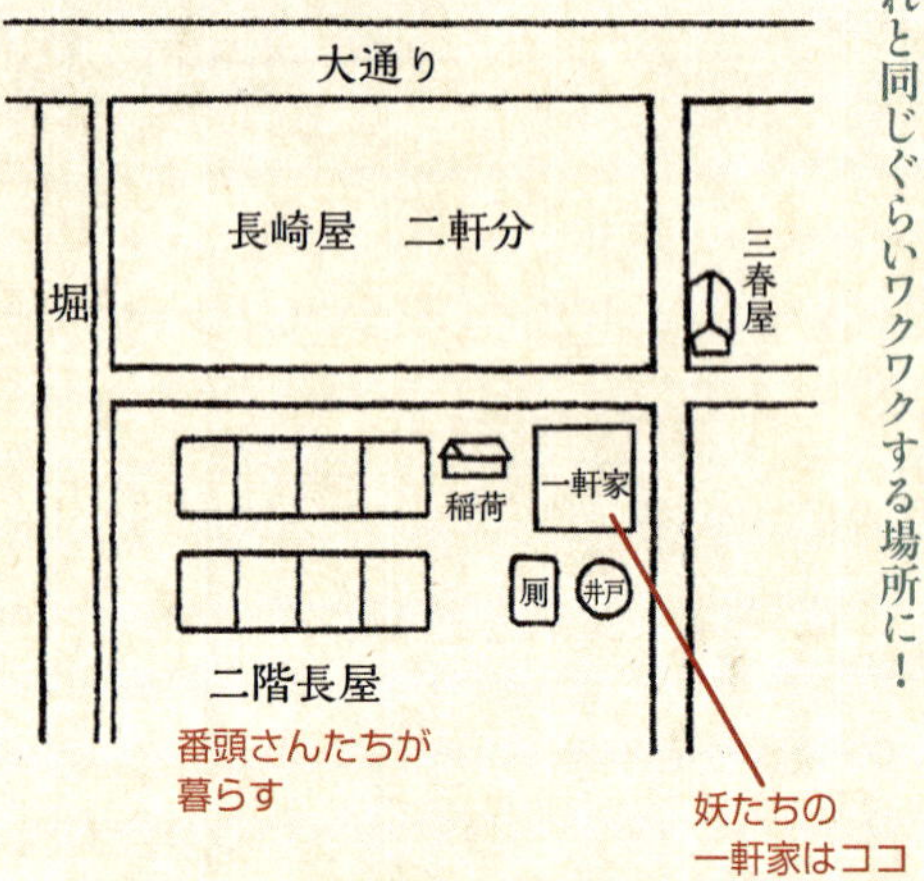

一軒家の間取り図

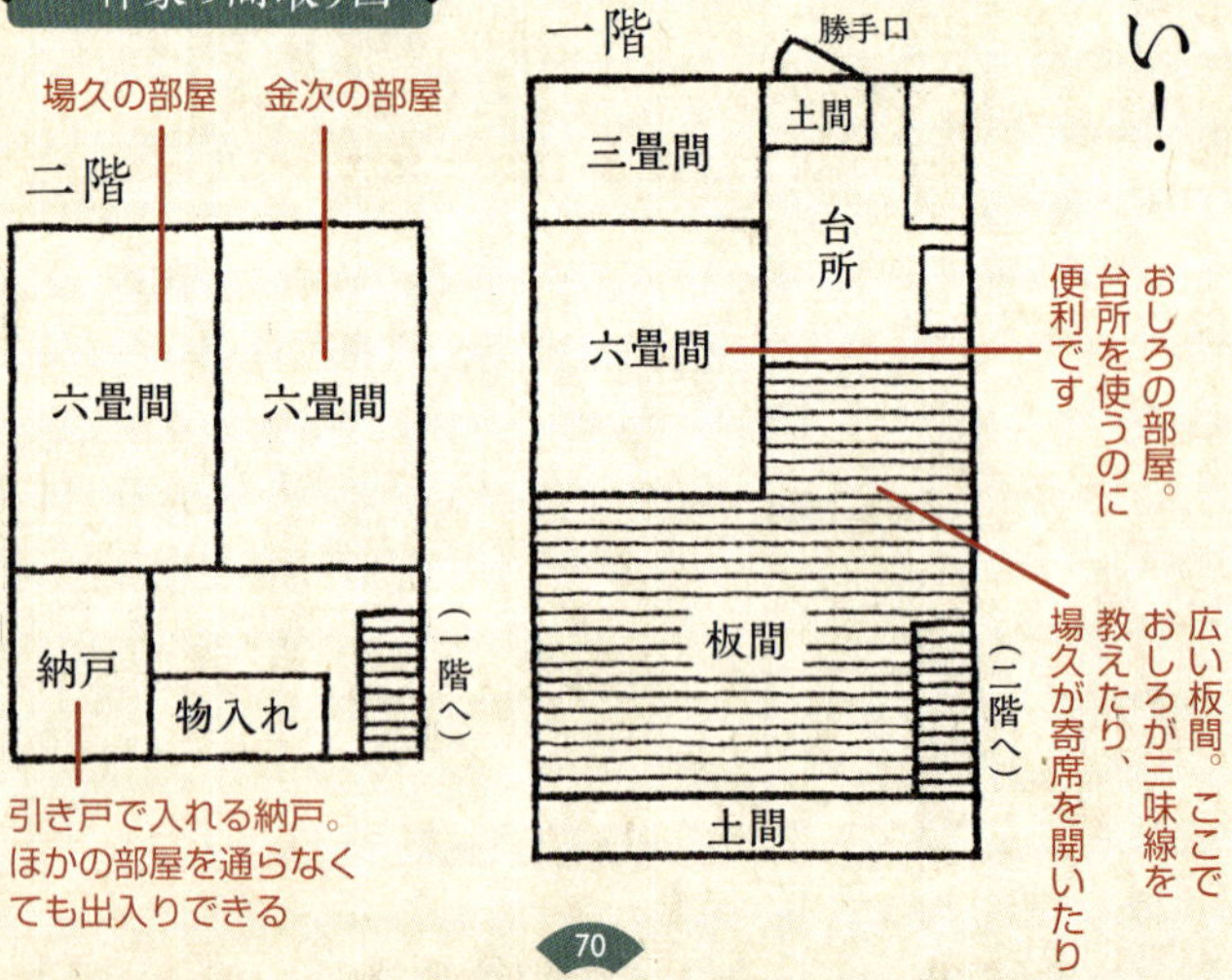

時代用語《じだいようご》解説《かいせつ》

知ってる?　知らない?
今と昔じゃずいぶん違う生活の基本
これを読めば「しゃばけ」理解度120%!

「木戸」ってなぁに?

『しゃばけ』の冒頭シーン。若だんなは、心中で「木戸が閉まる四つまでには店に帰っておきたい」と月もない夜道を急ぎます。その途中、思わぬ事件に遭遇してしまうのですが、「木戸が閉まる」って、一体どういう事でしょう?

江戸時代、日本橋を中心とする町人町は、京都の町をお手本に作られました。町は碁盤の目状になっており、道幅も、通町筋の道路は幅6丈(1丈=約3メートル)、横町筋は幅2丈、3丈、4丈とされました。そして、60間(約108メートル)四方を一区画とし、ブロックごとに木柵で囲み、町から町へ出入りする際には「木戸」と呼ばれる門を通らざるを得ないように出来ていたのです。

これは町の治安を守ったり、放火を防いだりするための制度で、大坂や京都にもあった制度です。

木戸は「木戸番」と呼ばれる番人によって明六つ(季節により午前4時頃~6時頃)に開かれ、夜四つ(同じく午後9時半頃~10時半頃)に閉められてしまいます。ですので、夜の間は自由な出入りは許されず、木戸番に左右の小さな潜り戸を開けてもらって出入りするのです。

木戸が閉まってから帰ると、なぜこんなに遅くまで外出していたのかなど説明しなければならなかったり、あらぬ疑いをかけられたりと面倒なことも多い(もちろん手代の二人にもやいのやいの言われますし、ね)ので、若だんなは焦っていたというわけです。

若だんなが注文した「五布(いつの)の布団」ってどのくらいの大きさなの？

『ぬしさまへ』の四話目に収録された「四布（よの）の布団」は、長崎屋が若だんなのために注文したものとは違う布団が届いたことから騒動が起きます。でも、「四布」ってなんでしょう？

ついでに「四布の布団」ってどんな布団？

本文では「三布、四布というのは、布団の幅のことで、布三枚幅でとか、四枚幅で、との注文で仕立てられた」とありますから、とにかく兄や二人はちょっとでも若だんなが暖かいように五布の大きな布団を注文したのに、四布の小さな布団が来てしまい、かんかんに怒っているわけです。

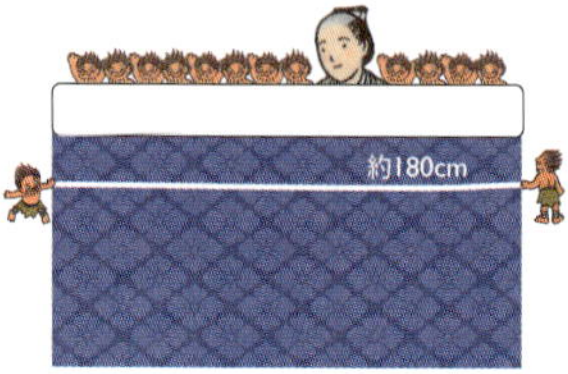

では、一体、四布と五布ではどのくらい大きさが違うのでしょう。「布」というのは、布製のものの幅を数える単位で、並幅一枚を一布（ひとの）と言います。一布の幅は辞書によって「30ないしは38センチ」とか「30ないしは36センチ」など、解釈もまちまちです。ここでは、仮に36センチとしましょう。

とすると、若だんなのために注文された布団の横幅は36センチ×5＝180センチ。

縦は、ほとんどの布団でも同じで1間（約1・8メートル）ほどだったようですから、ほぼ正方形ですね。しかし、いまの布団のサイズでいうとダブルサイズに匹敵しますから、若だんなのなんと贅沢なこと。

それだけ広ければ、さぞたくさんの鳴家も一緒に寝られることでしょう！

若だんなの上にわらわらと集まっては、手代さんたちに追っ払われている鳴家ですが、1匹は一体どれほどの重さなのでしょうか。身長は数寸ですから約10センチから15センチほど。そのくらいの大きさの動物と比べてみると、ハムスターのゴールデンは、体長がちょうど鳴家と同じくらいの10センチから18センチで、体重は150グラムから200グラムくらいですから、鳴家もそんな感じなんでしょうかねぇ。江戸時代の重さの単位は以下の通りなので、50匁（1匁3・75グラム）＝187・5グラムくらい。10匹のると、1・8キロ強ですから、身体の弱い若だんなにとっては、さぞや重く感じられることでしょう（笑）。

たくさんの鳴家に乗られると、若だんなじゃなくても重くて仕方ない？

重さ

1貫（かん）＝1000匁（もんめ）＝約3.75キロ
1匁＝10分（ふん）＝3.75グラム
1分＝10厘（りん）＝0.375グラム

※1匁とは、銭貨1文の目方を文目（もんめ）と呼んだ習慣から定着した言葉。「匁」という漢字は「銭」の古字「泉」の草書で、そもそもは開元通宝（かいげんつうほう）という唐で作られた銭1枚の重さに由来します。

佐助ってどのくらい大きいの？鳴家ってどのくらい小さいの？

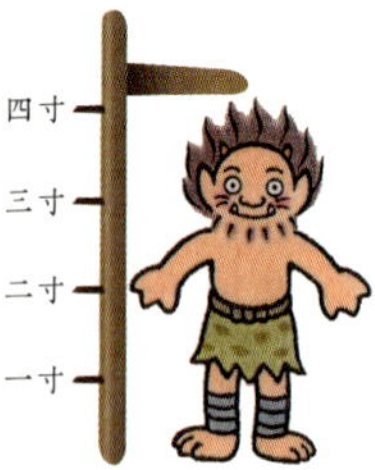

佐助さんの身長は6尺足らず。ですから、180センチよりちょっぴり小さいくらい。現代なら目立つほどの長身ではないでしょうが、江戸時代の男性の平均身長は150センチ台ですから、かなり大きく感じられたはずです。それに比べ鳴家は、身の丈数寸の小鬼なので、10〜15センチくらい。大きな佐助と小さな鳴家が一緒にいる光景を想像するだけで面白いですよね。

長さ

1丈（じょう）＝10尺（しゃく）＝約3メートル
1尺＝10寸（すん）＝約30センチ
1寸＝10分（ぶ）＝約3センチ
1分＝10厘（りん）＝約3ミリメートル
1厘＝10毛（もう）＝約0.3ミリメートル

長崎屋は間口10間の大店です。でも、10間ってどのくらいなんでしょう？

「間口」とは、建物正面の表口の幅のことを言います。1間は、約1・8メートル。ですから、長崎屋は正面の間口が18メートルほどあることになります。一方、若だんなが任されている薬種問屋の間口は3間ですから、約5・4メートル。江戸時代の商家は、間口の広さで税金を決められていたので、間口は狭く、奥に長い商家がたくさんあります。その中で間口が10間もある長崎屋は、名実ともに大店といえるのです（エッヘン！）。

距離

1里（り）＝36町（ちょう）＝約4キロ
1町＝60間（けん）＝約108メートル
1間＝6尺（しゃく）＝約1.8メートル

若だんなが初めて物語に登場したのは、すれ違う人の影すらない夜の「五つ」。江戸時代を舞台にしたお話を読む時には、まず時刻のルールを頭に入れておくと楽しめます。

おこぐは、だいたい次のように覚えています。

1　夜中12時くらいが「暁九つ」、ほぼ正午が「昼九つ」。
2　「九」から「四」まで、数字が一つ減ると約2時間（一刻）経過。
3　夜明けは「明六つ」、日暮れは「暮六つ」。

だから、若だんなが歩いていたのは日暮れから2時間後、つまり夜の8時くらいかな〜と。……って、乱暴すぎですね。詳しくは表をご覧ください。

話がややこしくなる原因は、江戸時代は夜明けと日暮れを基準にして、昼と夜をそれぞれ六つに分ける「不定時法」が使われていたからだと思います。つまり、早くお日様が昇る夏至の「明六つ」は午前4時前と、冬至の日「明六つ」の午前6時過ぎよりずっと早い。だから正確には『「明六つ」は○○時』と決められないんです。

同じ理由で、夏の昼の一刻は、夜の一刻より長くなります。

これとは別に十二支による表示法もあるので、けっこう大変。一番いいのは、この表をコピーして手元に置いてもらうことかもしれません。

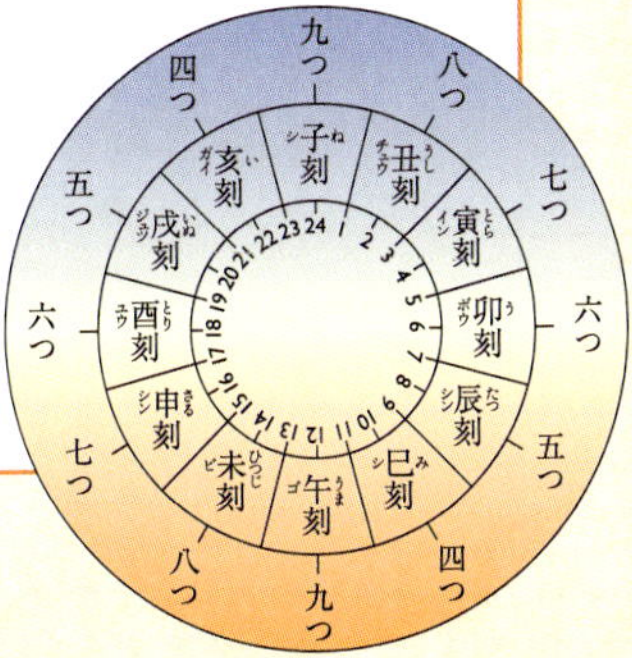

夜の「五つ」っていつのこと？

「一文無し」って、どれくらい貧乏?

江戸時代のお金は金貨、銀貨、銭（銅貨）の三種類がありました。金貨でお蕎麦を食べるわけにもいきませんから、一応、それぞれのお金を両替する交換レートも「金1両＝銀60匁＝銭4、000文」（時期によって違いがあります）といったように定められておりました。でも現実には毎日の相場によって交換レートが変わりましたから、このあたりの説明は思いきって省きます。

で、「一文」って今のいくらぐらいなのかと申しますと、それを考える方法は二通りあります。磯田道史さんの『武士の家計簿』（新潮新書）を参考にさせていただきますと、ひとつには現代の大工さんと江戸時代の大工さんの給料を較べてみて、現在の〝感覚〟でお金の価値を示す方法。これだと「金1両＝30万円、銀1匁＝4、000円、銭1文＝47・6円」になるそうです。もう一つは現在のお米の値段をあてはめて割り出す方法で、これだと「金1両＝55、555円、銀1匁＝666円、銭1文＝8・8円」だとのこと。

『一目でわかる江戸時代』（小学館）という本に書いてありましたが、もっとザックリ解説するには上の二つの間をとって、「金1両＝16万円、銭1文＝25円」というのも手みたいです。これだと、江戸時代の大福餅の値段（4文＝100円）や、蕎麦・うどんの値段（16文＝400円）もしっくり来ますね。ちなみに銀貨は上方を中心とした西日本で主に使われたのだそうです。

さて、「ねこのばば」で若だんなが涼しい顔で口にした長崎屋から広徳寺への護符の礼は25両、寄進が10両。締めて35両＝560万円もの大金とは、さすがです。

「鬼と小鬼」（『ちんぷんかん』収録）で、三途の川の渡し賃たった6文＝150円が払えなかった青信先生は、ちょっとお気の毒と申しますか……。

「しゃばけ」はこうして生まれた！

――戯作者◆畠中恵 ロングインタビュー

「しゃばけ」シリーズの戯作者、畠中恵さんはいかにしてこの物語世界を生み出した？　毎年必ず新作を書き続けてきた原動力とは？　バーチャル長崎屋の奉公人たちが、畠中さんにさまざまな質問をぶつけてきちゃいました！

◆漫画家から小説家へ

――畠中さんは小さいころから作家を志していたのですか？

畠中　小学生のころから漫画をよく読んでいたので、子どものころは漫画家になりたいと思っていました。絵を描くことも好きで、高校生のころに、美術系の大学に進学したいと考えるようになり、漫画雑誌への投稿も始めました。私が学生だった一九八〇年代は、漫画賞がたくさんあったので、漫画家志望者は描いては応募していたんです。

――どんな漫画がお好きだったのですか？

畠中　マーガレット系や、白泉社の漫画を読んでました。それから、萩尾望都《はぎおもと》先生の作品を初めて読んだときの衝撃は、今でも忘れられません。熱を出して学校を休んだとき親が買ってきてくれたのが、萩尾先生の『11人いる！』（小学館）でした。それまで私が読んでいた少女漫画といえば、ホワホワっとした世界を描いている作品が多かったように思いますが、『11人いる！』は本格的なSF作品で、「こういう世界を描く人がいるんだ」と、当時としてはかなり衝撃的でした。『ポーの一族』（小学館）も今でも大好きです。

高橋留美子先生の『人魚シリーズ』（小学館）も好きです。『うる星やつら』や『めぞん一刻』（ともに小学館）を描かれていた時期に並行して不定期連載されていて、信じられないほどの才能だと思いました。

――畠中さんはその後夢をかなえて漫画家デビューされましたが、おいくつのときだったんですか？

畠中　二八歳ぐらいだったと思います。いろいろな賞に応募した後、新しくコミック誌ができるというタイミングで、出版社から声をかけてもらいデビューしました。その後、三本ぐらい描いたんですが依頼が続かなくて……。それから別の出版社ともご縁が生まれたのですが、作品が単行本にならなかったので、漫画家だけでやっていくのは苦しかったですね。それで、当時はアシスタントとしても、いろいろな漫画家さんのところへお手伝いに行きました。

　あのころは、漫画家を続けていきたいという強い気持ちがありました。漫画家を目指して一緒にがんばってきた仲間たちと、互いの作品について意見を交わしたりして、切磋《せっさ》琢磨《たくま》しながら描いていること自体が楽しかったです。その仲間のうち、今でもプロとして描き続けているのはたった一人です。

——ほんとうに厳しい世界なんですね。ど

んな漫画を描いていらしたのですか？
畠中　少女漫画です。恋愛物やＳＦなどいろいろなジャンルを描きましたが、なぜか時代物は描きませんでしたね。
――小説家に転身されるきっかけは何だったのですか？
畠中　そのとき、ちょうど漫画の仕事が少なくなり、イラストを描いてしのいでいたんです。それだと絵は描けるけれど、ストーリーは描けません。だんだん物語が書きたくなってきて、都筑《つづき》道夫先生の小説講座のことを知り、通うようになりました。もともと都筑先生のファンで、特に『なめくじ長屋捕物さわぎ』シリーズ（光文社文庫）が大好きでした。
――どのような授業だったんですか？
畠中　授業は二週間に一回で、提出した小説を、先生がその場で評してくださいました。書き方を教えるのでは

執筆を支えるアイテム＆愛蔵のお品

【その1】墨壺

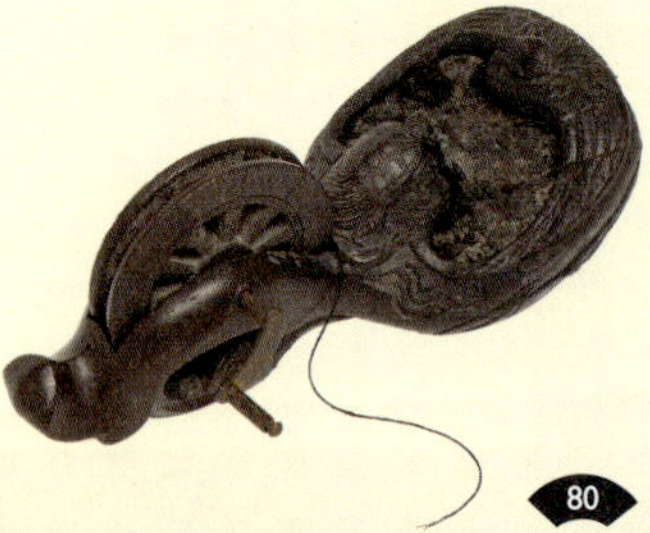

「『しゃばけ』に登場する大工道具、墨壺。デビュー前、近所の骨董屋で墨壺を見つけ運命を感じましたが、高くて手が出ませんでした。その後、東京国際フォーラムの骨董市で偶然見かけたのがこれ。鶴と亀が彫られた凝った品ですが、なんと他の商品を包むための新聞紙の重石になっていました(笑)」

なく、批評を聞かせるというスタイルです。自分以外の作品を読んでいなくても、先生の批評は勉強になりました。

あのころ先生は、時代物やSF、児童小説まで書いておられましたから、とてもお忙しかったと思います。それでも生徒が書いた小説を、丁寧に読んでくださいました。講座のあとに先生とお茶をしながら直接質問に答えていただくこともできました。

――その後、第一三回日本ファンタジーノベル大賞の優秀賞を受賞され、作家デビューされます。現役の漫画家さんの受賞は珍しかったのでは。

畠中　あまり売れてはいませんでしたが。応募書類の職業欄に「漫画家」と、一応書いたのですが、賞の最終選考に残ったと編集者さんから連絡をもらったときに「ホントにプロの漫画家さんなんですか？　なぜ応募したんですか？」って聞かれたんですよ。あやしいと思われたのでしょうか。「都筑先生に師事しています」と言って、やっと納得してもらえました（笑）。

――ファンタジーノベル大賞の前に、なにか賞に応募されたことはありましたか？

畠中　いいえ、していません。ファンタジーノベル大賞が一番最初でした。先生に誉《ほ》められるようになるまではむやみに応募しないと決めていたのです。先生にぼちぼち誉めてもらえるようになって、「賞に応募しようかな」と思い始めました。最初は現代物を書こうとしていたのですが、なぜか筆が進まなくて……。そんな時、ポンッと『しゃばけ』が思い浮かんだので、先に書いて応募しました。

『しゃばけ』が最終選考に残ったと先生にご報告したんですけれど、賞の歴史が浅かったせいか、ファンタジーノベル大賞のことをご存じなかったんです（笑）。その後、先生には『ぬしさまへ』を読んでいただいたんですけれど、特に何もおっしゃることはなく。受賞後だったので、批評は遠慮されたのかもしれません。

　都筑先生から教えていただいたことはたくさんありますが、一番はプロとしての姿勢です。一文字一文字を大切にされていて、作家として言葉を真剣に扱う姿を目《ま》の当たりにしました。

◆人気シリーズ誕生！

――『しゃばけ』のアイデアを思いついたきっかけは何ですか？

畠中　都筑先生の『なめくじ長屋～』が好きだったので、私の作品でも、主人公に仲間がほしいなと思っていました。でも、そのまま真似《まね》して書いても意味がないので、

『なめくじ』との違いを出そうと考え、「妖《あやかし》」を登場させました。アイデアを思いついてからすぐ「あ、書けそう！」と思って四カ月ぐらいで書き上げました。

――『しゃばけ』を書くにあたり、妖のことを調べたり、取材などもされたのでしょうか。

畠中　まず資料本を集めて読みました。「百鬼夜行」の絵巻を見て、鳴家《やなり》がわらわらと動きまわる物語が浮かびました。また、神田明神にも取材に行きましたね。まだデビューもしていない人間でも、取材を快諾してくださいました。

そのころからだんだん資料本の選び方を覚えていきました。古本屋をブラブラしていて、本の背表紙を見たとき、「この本をネタに小説が書ける」と思うことがあるんです。たとえば『若様組シリーズ』（講談社）は、「警察百年史」の本を見つけたことがきっかけで生まれました。棚にあった

本に「おいで、おいで」と呼ばれるような気がしたのを覚えています。

本以外だと、錦絵《にしきえ》や古道具などを見てインスピレーションを得ることも多々あります。歌川国芳《くによし》とか葛飾《かつしか》北斎はすごいですよね。資料としてならば、文章よりもビジュアルのほうが役立ちます。文章だと、どうしても元の文章に引きずられてしまうので。だから画集や写真集なども よく購入します。でも、資料本は捨てられないので、どんどん溜《た》まる一方で、悩みの種になっています……。

——畠中さんは作品を書き出す前に必ずプロット（物語の設計）を作るそうですね。プロットはどのようにして書かれるんですか？

畠中　プロットはメモ書きしたり、小さなノートに書いたりもします。罫線《けいせん》のない真っ白な紙が好きで、そこに「若だんなが××で△△をした」とか「仁吉が□□へ行

執筆を支えるアイテム&愛蔵のお品

【その2】国語辞典

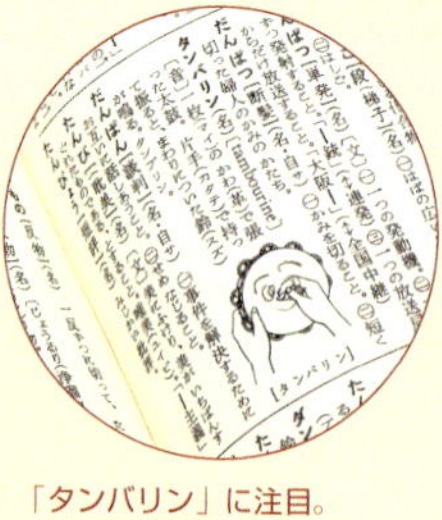

「タンバリン」に注目。かわいい落書きが!?

「小学生のころから使っている国語辞典です。ボロボロすぎてあちこちセロハンテープで補強しています。昭和39年初版なので、最近の言葉が載っていません。時代物を書いているからちょうどいいんですけれどね（笑）」

く」など、思いつくまま書き出します。一つの短編で一〇枚ぐらい使うかな。その書き出したものを整理して筋を作っていきます。パソコンで執筆する前に、A4一枚ぐらいにプロットを収め、全体像を見ます。ネタ帳やアイデアノートに書き留めていく方法を試したことがあるんですけれど、私にはそのやり方は合いませんでした。

――なるほど。畠中さんはいつも必ず締め切りを守ってくださいますが、スランプに陥ることなんてあるんですか？

畠中　今月の締め切りなんかキツかったですよ（笑）。書けないというより、慣れた読者さんだと、こんな展開は先が読めちゃうかな……と、自分でダメを出してしまって。そう思い始めると、なかなか筆が進まなかったりします。

――そんなときの対処法は？

畠中　歩き回ります。家の中を歩き回ってもしょうがないので、外に出ます。夏場は暑いので、地下街を歩いています。たとえば大手町から銀座あたりまで地下街を歩くと、けっこうな距離になるんです。家で書いていると煮詰まってしまいますが、逆に外を歩いていると、それ以外のことを考えるからリラックスできていいんですね。いいアイデアが浮かびやすくなります。

――短編はどれぐらいの期間で書き上げるんですか？

畠中　月に一五〇枚くらいが精一杯、そして、それが続くと辛《つら》いですね。二カ月で短編三本だと、比較的スムーズに書けるかな。

私は複数の作品を並行して書くことが、苦手な質《たち》だと思います。それで、一作書き終わってから次にとりかかる、というスタイルにしてます。毎回、締め切り二日前までには一旦《いったん》全部書き終え、残りの二日は書き直しに充《あ》てます。この二日間は、私には必要な時間です。短期間で一気に書く作家さんもいらっしゃいますが、私は毎日少しずつ書くタイプです。

――かなり計画的に執筆されているんですね。一編を書き上げるのに、一番楽しい段階、苦しい段階はどこですか？

畠中　時間の感覚が吹っ飛ぶほど集中して書いているときは充実を感じます。苦しいのは、連作の第一話目を書いているときですね。そこから物語がスタートするわけですから。ただ、書き終えた後、「こりゃアカン」と思って、差し替えたことも何度もあります。

◆「しゃばけ」とともに歩む作家生活

――ずばり、「しゃばけ」のキャラクターでお気に入りは誰でしょう？

畠中　書いていて、勝手に動き出してくれるキャラクターは助かりますね。たとえば鳴家、屏風《びょうぶ》のぞきや金次は、自主的に動いてくれる面々です。最近は、猫又のおしろも。そういう妖達は、登場回数が増えてきたりしますね。第一七作『むすびつき』で、金次が長崎屋にいる理由が明確になったので、これからも動いてくれると思います。

――とくにお好きな作品があれば教えてください。

畠中　シリーズ六作目『ちんぷんかん』に収録されている「はるがいくよ」はすごく書きやすかったです。自分でも驚くほどあっさりと書けたので、作品の出来がいいのか悪いのか、わからなかったのですが。最近では『むすびつき』に収録されている「昔会った人」

執筆を支えるアイテム＆愛蔵のお品

【その3】マグカップ

「これで執筆の合間にコーヒーを飲んでいます。最初の一杯はブラックで。そのあとはミルクを入れて。持ち手が大きくて手触りが独特なところが、気に入って買いました。実は作家物で、同じのを二個もっています」

が書きやすかったです。

――どちらも読者からとても人気の高い傑作ですよね。逆に書くのに苦労されて印象に残っている作品はありますか？

畠中　それはシリーズ二作目『ぬしさまへ』に収録されている「ぬしさまへ」です。デビューが決まって直《す》ぐの作品で、ほかの短編より短いんですが、その中にいろいろな要素を詰め込まなければならず、苦労しました。

――最初に『しゃばけ』を書かれたとき、シリーズ化を念頭に置いていたのですか？

畠中　とんでもない。そもそも受賞するなんて思っていませんでしたから、シリーズ化なんて考えてもいませんでした。それが一七年も続くとは……。

『しゃばけ』の選評で、荒俣宏《あらまたひろし》先生が「これはぜひシリーズ化したい」と書いてくださったんです。そして受賞後、編集者さんから「続きを雑誌で書いてみませんか？」とお声がけしていただいて書いたのが、先ほども触れた「ぬしさまへ」でした。『しゃばけ』を初めて読む方に、まずは時代物であること、妖が出てくることなど設定を説明しなければならなかったうえに、ページ数も限られていたので、話をまとめるのがとても難しかったです。

—「しゃばけ」を書くにあたり自分に課しているルールなどはありますか？

畠中　「妖」が出てくる、という設定以外のところでは、極力現実離れしたことは書かない、と決めています。「妖」という存在自体が「大きなウソ」なので、他の部分は嘘《うそ》をなるだけ重ねないよう、注意して書いています。何でもありになっては、つまらないので。

—これから書いてみたいテーマはありますか？

畠中　妖と人とでは時間の流れ方が違うので、時間軸をテーマに書いてみたいです。人間の一生は、妖から見ればとても短いですから。

—二〇一六年、「しゃばけ」シリーズで第一回吉川英治文庫賞を受賞されました。そのときのお気持ちは？

畠中　「えっ！　私が!?」とまず驚きました。吉川英治文庫賞は、シリーズで出ている文庫に与えられる賞で、選考委員には書店員さんも多数いらっしゃるんです。読

吉川文庫賞授賞パーティでスピーチする畠中さん

二次会では、鳴家ケーキでお祝いしました！

者に近い方々に選んでもらえたのがとても嬉《うれ》しかったです。シリーズを評価して下さる賞ができたのは、とてもありがたいことです。

——受賞されたあとの周りの反応はいかがでしたか？

畠中　漫画を描いていたころは、親戚《しんせき》から「何をやっているかわからない」と言われていました。作家として文学賞を受賞して、どんな仕事をしているか、分かってもらえたかなと思います（笑）。

◆素顔の畠中さんってどんな人？

——エゴサーチ、つまりご自分の作品に対する読者の感想をネットで検索したりしますか？

畠中　けっこうしちゃうんです（笑）。精神衛生上、しないほうがいいんですけれどね。でも、読者の反応を知ることができるので、次の作品に反映させることができ

執筆を支えるアイテム&愛蔵のお品

【その4】蔵書印

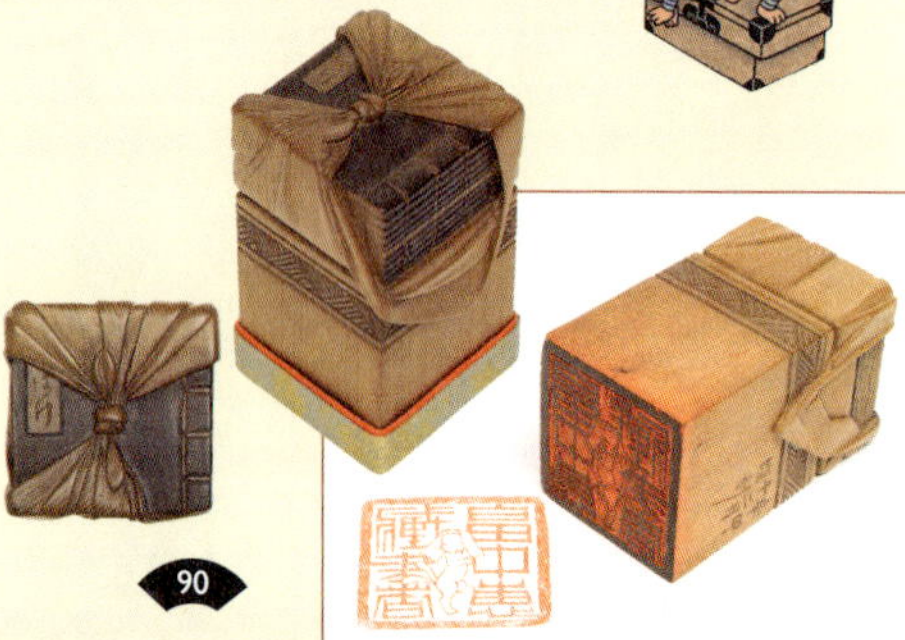

「根付師・向田陽佳さんに作っていただきました。『しゃばけ』と書いてある書物を風呂敷で包んだ形になっているんです、素敵ですよね。購入した本に、この印を押しています。真ん中に猫又もいるんですよ」

ます。批判をされるのは多くの読者に届いている証《あかし》、と思って強い心で受け止めたいと思っています（笑）。

——今、ハマっているものなどはありますか？

畠中　グラスを集めることは昔から好きです。最近興味があるのが「京薩摩《さつま》」です。本家薩摩でつくられた「本薩摩」に対して、京で造られた薩摩焼を「京薩摩」と呼びます。繊細な模様が大変すばらしい陶器は見ていて飽きません。京薩摩の酒杯でいただくお酒は、さぞ美味《おい》しいでしょうね。

先日、赤と白の、石畳紋の酒杯を見つけたんです。屏風のぞき柄です。値段も手頃だし買おうかな、と悩んでいるうちに……あっという間に売り切れてしまいました（笑）。

——お酒は何を召し上がることが多いですか？

畠中　日本酒も好きなんですけれど、すぐ酔っ払っちゃうのであまりたくさんは飲めません。生ワイン（醱酵《はっこう》を止めてないワイン）が好きで、季節になるとよく飲みます。微炭酸でおいしいんですよ。

夏場はノンアルコールビールをよく飲みます。今年の夏は特に暑かったので、おいしいビールを飲みたかったんですが、締め切りに追われているとき、酔って寝てしまうわけにもいかず、ノンアルビールでガマンしていました（笑）。

——畠中さんが一番リラックスするときは、どんなときですか？

畠中　部屋に仕事の締め切り日が書き込まれたカレンダーを貼《は》っているんですが、仕事が終わるとそこに、星型の「済」と彫られたスタンプを押します。それから部屋のソファに寝っ転がって、好きなものを飲む。それが至福の時ですね。一度そのカレンダーに、一本予定を書き込み忘れて、編集者さんからの催促で気づき青ざめたことがありました（笑）。

——長いお休みが取れたら、どこか行きたいところはありますか？

畠中　遠くの美術館、博物館めぐりをしたいですね。近場はわりと行けるんですが、遠方へはなかなか足を運ぶ

執筆を支えるアイテム&愛蔵のお品

【その5】根付

「これも向田さんの作品です。根付とは、着物の帯に差して使った留め具。江戸時代に流行しました。これは女性用。象牙を細工したもので、ここにも猫又が。なかなか使う機会はないのですが、時々取り出しては眺めています」

拡大するとこんな感じ

こんなに立派な箱に入っています

ことができません。近年、地方の美術館や博物館が面白そうですよね。

――「しゃばけ」は、舞台やドラマ、ミュージカルになったりと、さまざまなメディアミックスがなされてきましたが、特にお気に入りはありますか？

畠中　どの作品も、小説とは全然違うものとして見ているので、とても面白いです。「こんなアプローチがあるんだな」って参考になったりします。「しゃばけ」以外の著作もメディアミックスしていただいているんですが、毎回できる限り、お任せしています。

その結果、原作のイメージと変わったものもありますが、そういう作品も楽しく拝見しています。製作してくださる皆さんの料理の仕方がいろいろ違って、面白いですね。たとえば原作にはなかった妖の組み合わせでも、結果としてそれが面白いものになったのなら、それでいい、そういう風に考えています。

知られざる漫画家時代、創作への情熱、作家としてのプロ意識と、ちょっとお茶目な素顔……たくさん貴重なお話をお聞かせくださり、ありがとうございました！

畠中恵 創作の秘密

江戸がよみがえる散歩道【皇居東御苑】

畠中さんにとって、散歩は欠かせない日課。今日は畠中さんの定番コースで、かつて江戸城があったという「皇居東御苑」に同行させていただきました！

皇居東御苑とは

古くは江戸城の本丸、二の丸、三の丸だった場所。江戸城を偲ばせる史跡や緑豊かな自然が残り、東京都心とは思えない風景が広がる場所です。東京の人も実は知らない穴場スポット!?

■最寄り駅……JR東京駅、東京メトロ大手町駅、竹橋駅、二重橋前駅など
■入場料……無料　■休園日……月曜・金曜（臨時休園あり、要確認）

1 北桔橋門

北桔橋門から出発進行!

「九段下の国立公文書館にやってきたとき、偶然ここを知りました。四季折々の皇居の自然を楽しむことができる貴重な場所なんです」

2 天守台

最後の天守閣が明暦の大火（1657）で焼けてしまい、翌年この天守台が造られました。城下の復興を優先し、天守閣は再建されることなく、現在に至ります。台だけで見上げるほど大きい！

3 大奥跡

秘められた大奥がこんな芝生の爽やかな広場に! 「ピクニックできたらいいなといつも思うんですけど」と畠中さん。ここでお昼寝したら大奥の夢をみるかも。

4 汐見坂

家康が江戸城を建てたころは、東京駅のあたりや日本橋は海。この坂上から海が見えたため、汐見坂の名前になったそうです。梅の季節はもうひとつの坂、梅林坂を通ることも。

5 二の丸庭園

汐見坂をくだったところにある二の丸庭園は、かつて将軍の別邸やお世継ぎの御殿（二の丸）があったところ。「歴代の将軍も若いころはここらへんに住んでいたんだろうな、そんなことを思い浮かべてます」。池の周りの勾配を登っていく畠中さん。健脚!

6 二の丸雑木林

暑い日でも日陰ができていて涼しい。「地面にどんぐりなんかが落ちているのを拾ったりします。いろいろな木々があり、まるで軽井沢の避暑地みたいで気持ちがいいんです」

7 大手門

百人番所などを通り、大手門から外に出ます。そのあと八重洲の地下街や銀座へ歩を進めることも。「今日はこのコースでしたが、富士見櫓や松の廊下跡などほかにも見所がたくさんあるんですよ」

江戸時代に思いを馳せながら、しばし自然のなかで日常を忘れる、そんなひと時が、畠中さんの創作の源になっているんですね。皆さまもぜひ足を運んでみては?

絵師

柴田ゆう しゃばけイラスト大解剖！

パソコンを使う絵師さんも多い昨今めずらしく、絵師・柴田ゆうさんのイラストは完全に手描き、しかも色塗りは色鉛筆によるものなのですって！ このたび柴田さんが特別に、絵師のお仕事の秘密を、大公開してくださいました！

多種多様！ 必要不可欠な道具たち

柴田さんが普段使っている画材や、イラストを描くうえで欠かせない道具をご紹介いたします。

基本的な筆記具など

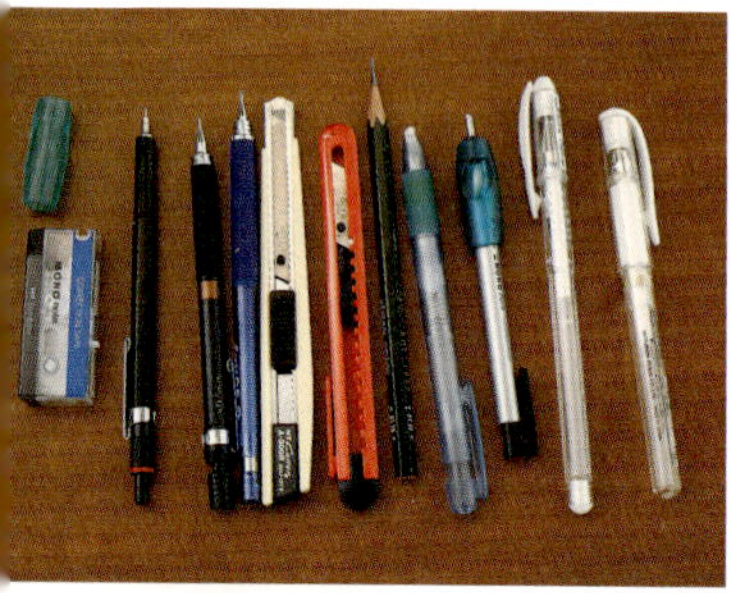

すべて手作業なので、使う筆記具もたくさん。シャープペンシル、消しゴム、カッターなど、皆さまおなじみのものもあれば、プロならではのものまで。

こんな細い消しゴムがあるって、知ってました？

トレーシングペーパー、半紙など

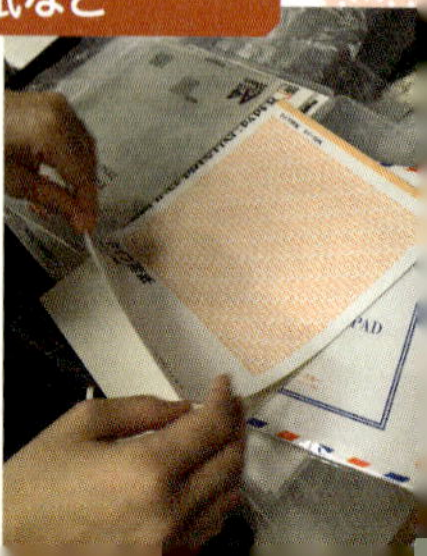

下書きしたイラストをトレースするために、半紙やエアメール用紙、タイプ用紙などを使い分けています。

ミリペン

下絵にペン入れをするときに使います。何十種類もありますが、それぞれに太さや濃度が違います。几帳面にも各ペンに使い始めた日付も記されていますが、「髪の毛の細部など、かすれた線を出したいときには、わざとインクが薄くなったペンを使います」とのこと。

アルコールマーカー

「小説新潮」の扉絵など、モノクロのイラストを描くときに使用しています。同じ墨色でも、こんなに細かく分かれているとは驚愕です。

画材は柴田さんの作業デスク上でこんな風に並べられています。なんて機能的！　人体骨格模型は金次さんのモデルとして使用しています。

色鉛筆

柴田さんの使用色鉛筆

- サンフォード　カリスマカラー
- ホルベイン　アーチストカラー
- 三菱uni ペリシア
- スワンスタビロ　ソフトカラー（廃番）
- ダーウェント　シグネチャー（廃番）
- ダーウェント　アーチストペンシル
- トンボ　色辞典
- カランダッシュ　ルミナンス

柔らかなグラデーションを出すのに欠かせない色鉛筆。柴田さんが使用する色鉛筆は270色。

クロッキー帳

ここにアイデアスケッチを鉛筆で描いていきます。
「物語を読みながらイメージを膨らませて、頭に
浮かんだ場面を描いていきます」。

色見本

柴田さんが持っている
270色の色鉛筆の見本
帳です。驚くなかれ、
これすべて手作り!

色指定のファイル

モノクロで描いた線画に着色する前に、まず
どこにどの色を塗るのか細かく設計します。
若だんなもイラストによって微妙に着物の色
が異なるのだとか。過去のイラストの色指定
はほぼファイルに保存されているそうです。

あなたにも描ける！　鳴家ぬり絵講座

しゃばけファンなら一度は描いてみたい鳴家。
柴田さんが特別に、鳴家の色付けの過程を見せてくださいました。

1 青い線で髪の輪郭を取り、目とキバに白ペンを。

2 ツノとほっぺ。血色良くなってきました。

3 そして、体全体を塗ります。

4 それから服に着色。

5 これで完成、ではないんです。

6 腰巻の模様を加えて、髪の青線を消しできあがり。

こんな風に、トレーシングペーパーの裏から塗ってます。濃い色を薄い色でのばしながらグラデーションを作っていきます。

鳴家の色指定

鳴家に使っている色鉛筆は以下の通り。もちろんご自分のお好きな色でアレンジするのも楽しいですよね。

- 体……………カリスマカラー　1001　Salmon Pink
- ほっぺ…………カリスマカラー　926　Carmine Red
- ツノ……………色辞典　V02　みかんいろ
- 口………………ルミナンス　070　SCARLET
- 髪………………カリスマカラー　937　Tuscan Red
- 腰巻……………ホルベイン　アーチストカラー　OP195　Olive Brown
- 腰ひも…………カリスマカラー　947　Dark Umber
- 腰巻の模様……カリスマカラー　941　Light Umber
- 脚絆（２色）……カリスマカラー　936　Slate Grey　カリスマカラー　1021 Jade Green

徹底解説！ しゃばけイラストができるまで

単行本『むすびつき』のカバーに登場する鈴彦姫のイラストを例にとり、柴田さんにイラストができる工程を説明していただきました。

① アイデアスケッチ

今回の鈴彦姫は仏像のイメージ。鉛筆で描いた輪郭が、だんだん鈴彦姫に近づいていきます。

② アイデアスケッチをトレース

エアメール用の透ける用紙を使って、鉛筆でアイデアスケッチをなぞります。

③ なぞったスケッチをプリンタでコピー

なぞったイラストを、家庭用のプリンタでコピーします。こうすると、鉛筆の線が濃くなってトレースしやすいんだそう。

④ 半紙にトレースする形でペン入れ

コピーしたものに半紙を載せて、ミリペンでペン入れしていきます。

❺ 本画用のトレーシングペーパーにプリンタでコピー

❹を家庭用のプリンタで本画用の紙にコピー。湿度に弱い紙なので、波打ってしまったり、色塗りに失敗してしまった時のために、予備も含め2枚ほどコピーします。

❻ 色指定

あらかじめ、どこにどの色を塗るのか「色指定」として決めておきます。「最初は左のように塗ってみましたが、やわらかい印象を出したくて、右のように変えました」。

完成！

❼ 色塗り

本画用紙の表ではなく裏から、色鉛筆で着色していきます。袖のグラデーションなど、素人には到底真似のできない職人ワザ。様々な工程を経てようやく完成です！

こうした細かな工程を把握するための進行表です。作業がどこまで進んだか一目でわかります。

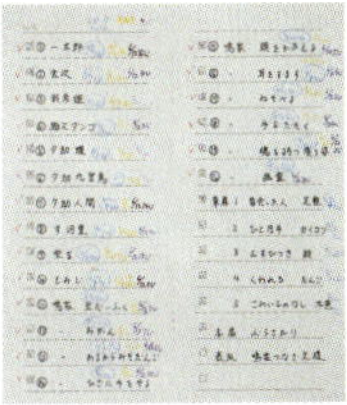

絵師❖柴田ゆう

蔵出しあやかしギャラリー

雑誌連載時の幻の傑作イラストを
ここに再び大公開!
オールカラー「しゃばけ花札」も豪華収録
柴田さんの多彩で魅惑的な
イラストの世界をお楽しみください!

【ぬしさまへ】

小説新潮❖二〇〇二年二月号掲載
本文は『ぬしさまへ』に収録

【仁吉の思い人】

小説新潮❖〇三年二月号掲載
本文は『ぬしさまへ』に収録

【茶巾たまご】

小説新潮❖〇四年一月号掲載
本文は『ねこのばば』に収録

【花かんざし】

小説新潮❖〇四年六月号掲載
本文は『ねこのばば』に収録

こわい

小説新潮❖〇五年二月号掲載
本文は『おまけのこ』に収録

畳紙《たとうがみ》

小説新潮❖〇五年六月号掲載
本文は『おまけのこ』に収録

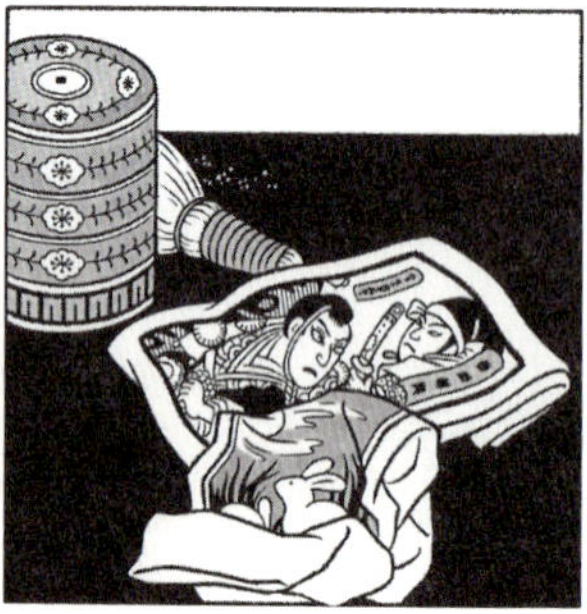

〈動く影〉

小説新潮❖〇五年八月号掲載
本文は『おまけのこ』に収録

【うそうそ】

本文は『うそうそ』に収録

［第一回］　小説新潮❖〇五年十二月号掲載

［第二回］　小説新潮❖〇六年一月号掲載

［第三回］小説新潮❖〇六年二月号掲載

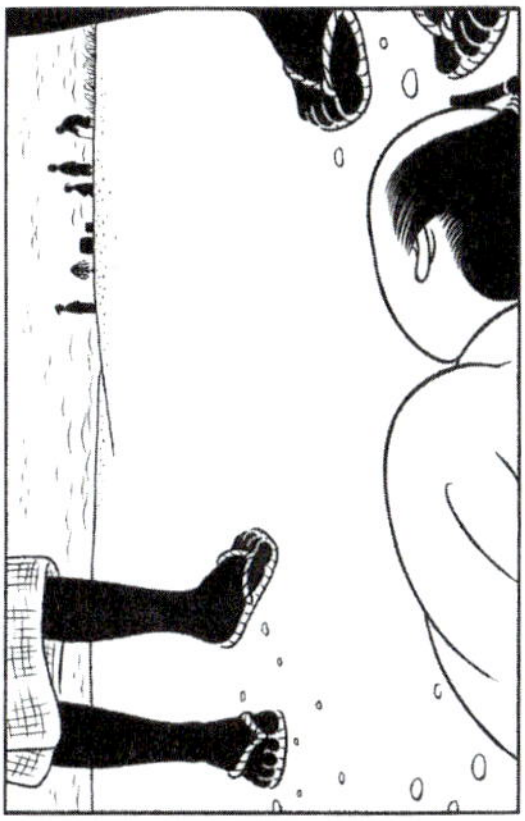

［第四回］小説新潮❖〇六年三月号掲載

［第五回］小説新潮❖〇六年四月号掲載

［最終回］小説新潮❖〇六年五月号掲載

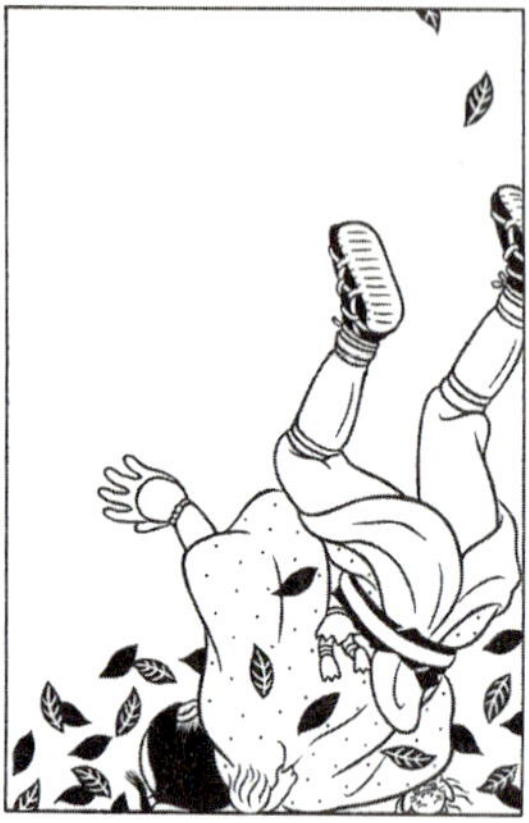

【鬼と小鬼】

週刊新潮❖
〇七年一月四・十一日号〜
二月八日号掲載
本文は『ちんぷんかん』に収録

［第一回］

〔第二回〕

〔第三回〕

〔第四回〕

〔第五回〕

ちんぷんかん

週刊新潮❖〇七年二月十五日号～三月十五日号掲載
本文は『ちんぷんかん』に収録

［第一回］

[第二回]

[第三回]

[第四回]

[第五回]

【今昔】

週刊新潮❖
〇七年三月二十二日号～
四月二十六日号掲載
本文は『ちんぷんかん』に収録

［第一回］

［第二回］

［第三回］

［第四回］

［第五回］

［第六回］

【男ぶり】

小説新潮◆〇七年二月号掲載

本文は『ちんぷんかん』に収録

一つ足りない

yom yom ❖ 一六年夏号掲載

はじめての使い

yom yom ❖ 一八年八月号掲載

【しゃばけ花札】

小説新潮❖一〇年四月号〜一一年三月号掲載（加筆修正）

［一月❖松］

［二月❖梅］

［三月❖桜］

[四月❖藤]

[五月❖菖蒲]

[六月❖牡丹]

［七月❖萩］

［八月❖芒］

［九月❖菊］

［十月❖紅葉］

［十一月❖柳］

［十二月❖桐］

若だんなと歩こう！

【しゃばけお江戸散歩】

　こんにちは、バーチャル長崎屋の奉公人、おしまでございます。おこぐ姉さん、あゆぞう姉さんの後輩女中です！　突然ですが皆さん、しゃばけシリーズの舞台はお江戸、つまり今の東京だということはご存知ですよね。若だんなたちが活躍する舞台は、東京に実在するのです。そこでおしまは考えました。

「おこぐ姉さん、読者の皆さまを若だんなたちが歩いた町へご案内したいので、今日だけ特別にお暇をいただけませんかねえ？」

「うーん、そうねえ。ちょうど今は人手も足りてるし、一日ならいいか。でも、寄り道しちゃだめだからね！」

　やったあ、姉さんのお許しが出ました。では、しゃばけお江戸散歩へ、出発進行！

やっぱりすごい！　長崎屋【日本橋周辺】

❶ 通町《とおりちょう》

夜にこっそり一人で遠出し、家路を急ぐ若だんなが、なんと殺人事件に巻き込まれてしまい……シリーズの記念すべき第一作、『しゃばけ』はこんなシーンではじまります。この若だんなの他出は、本郷に住んでいる腹違いの兄、松之助さんの姿をひと目見たいがためだった、というのは『しゃばけ』を読んだ皆さんならご承知のとおり。

『しゃばけ』の中で若だんなは、幾度か長崎屋のある日本橋と本郷の間を行き来するんですが、おしまは今回、このルートを辿ってみることとしました。

まずは、長崎屋があった「通町」を探してみましょう。

当時の日本橋。歌川広重「日本橋　朝之景」より

日本橋高島屋近辺。この辺に長崎屋が！

起点として、日本橋駅の近く、江戸当時の繁栄ぶりが偲ばれる、古くから続く老舗や大きなデパートが並ぶ賑やかな通りにやってまいりました。どことなく道行く人々も上品そう。さてさて「通町」はどこかな〜？『しゃばけ』をひもといてみると「日本橋から通町を南に歩いて京橋近く」とありますねえ。あれ？今の東京の地図をみても、「通町」という地名はないみたい。さっそく迷子になりそうなおしまでですが、ここで江戸時代の古地図と現在の東京の地図を照らし合わせてみました。

ふむふむ、なるほど。長崎屋がある通町は、現在の高島屋日本橋店や丸善の並ぶ中央通り沿い、日本橋一丁目から三丁目のあたりなんですね。江戸時代からこの界隈は、両替店や大きなお店が並ぶ通りだったそうです。そんな一等地に間口十間の店を構えていた長崎屋って、正真正銘の大店なんですね。思わずため息が出てしまいます。

ちなみに、通町があった高島屋日本橋店のある通りを、

京橋跡。水路は埋め立てられて遊歩道に

日本橋とは反対側の南に歩いていくと、京橋に行き当たります。『うそうそ』の中で、若だんなはこのあたりから舟に乗って箱根への旅路をスタートさせましたね。でも、今では水路は埋め立てられてしまい、京橋はその名が残っているだけなんです。

❷日本橋

さあ、若だんなが歩いた道のりを歩き進めましょう。

日本橋は、言わずと知れたお江戸の商業の中心地。五街道の起点にもなっていて、まさに日の本の商業と交通の中心は日本橋にあった、といっても過言ではないはず。この地名の元となった橋、「日本橋」は江戸幕府が開府した慶長八年（1603年）に架けられたとーっても歴史の古い橋です。

毎日のように、行き来する商人や町人、旅人たちでた

多くの人が行き来した日本橋の高札場の跡

上空を高速道路が走る現在の日本橋

いそう賑わった日本橋。その人通りの多さゆえに、幕府のお触れなどを知らせる高札を掲げるための「高札場《こうさつば》」や、罪人たちがさらし者にされた「晒し場」も、この日本橋のたもとに置かれました。築地から豊洲に移転してしまった魚河岸も、江戸時代には日本橋の北側にありました。

現在の日本橋は、明治四四年に架け替えられた石橋ですが、真上に高速道路が走っていて、浮世絵に描かれた当時の面影を偲びにくいのが残念です。

❸昌平橋

『しゃばけ』の冒頭シーンでは、一人歩きを心配する鈴彦姫《すずひこひめ》に対して、若だんなが「この坂を過ぎれば、いくらも行かないで昌平橋に出るよ。渡って筋違橋御門《すじかいばしごもん》からは繁華な通町だ」と答えます。おしまはそのまま中山道を昌平橋を目指して歩き続けます。中山道は、江戸時代に整備された五街道の一つで、日本橋から滋賀県の草津まで続き、そこで東海道と合流します。

江戸の面影と東京の最先端の建築が混在する室町に入りました。このあたりには、その名もずばり「長崎屋跡」という場所があります。でもこの「長崎屋」は、

若だんなたちが暮らした長崎屋とは別物。けれどもここは、鎖国中も貿易を許されたオランダ人使節の定宿で、薬種問屋も兼ねていたらしく、廻船問屋兼薬種問屋であるしゃばけシリーズの長崎屋にどことなく似ています。

そのまま歩き続けたおしまは、今川橋交差点、神田駅を過ぎて、日本橋出発から約三十分後、ようやく万世橋までやってきました。なんと日本一の電気街、秋葉原まで歩いてきてしまったんですねえ。おしまの足もさすがにそろそろ重たくなってまいりました。にぎやかな秋葉原のめいどかふぇなどに寄って一息つきたいところですが……。夜、一人でこの道を往復したなんて、若だんなって意外に健脚なんだなあ。ちょっと見直してしまいました。

よし、なんとか昌平橋に着きましたよ。ここは『しゃばけ』のラストで、大火事を食い止めるべく駕籠《かご》で駆け

小さなレンガ張りの昌平橋

大きな電気店が立ち並ぶ万世橋近辺

つけた若だんなが、危険を顧みずに駕籠をおり、歩いて北に向かうという重要な場所。何台もの車が行き交う万世橋に比べると意外に小さな橋ですが、昌平橋のほうが歴史は古いのです。江戸時代、このあたりは神田旅籠《かんだはたご》町《ちょう》と呼ばれ、往来の旅人が宿泊するための施設が集まる活気のあるところでした。

あれ？　この昌平橋のすぐそばにあるはずの、同じく重要な舞台である「筋違橋御門」が見当たりませんね。『しゃばけ』で、若だんなは何度もこの門を行き来しますし、若だんなの代わりに本郷に向かった栄吉さんが何者かに襲われてしまったのもこのあたりです。どうやら、筋違橋御門も今はなくなってしまったようですね。

万世橋・昌平橋・筋違橋の三つの橋には複雑な歴史があります。もともと将軍様が上野の寛永寺に詣でるために作られた筋違橋が明治五年に取り壊され、翌年その場所に新たに作られたのが旧万世橋。でもこの橋も壊されて今は存在しません。旧万世橋ができた同じ年、昌平橋が洪水で流されてしまい、のちに復旧する

筋違橋御門の跡地には高架が敷かれる

まで、今ある新万世橋の場所にできた仮木橋が「昌平橋」と呼ばれていました。この橋は、やがて鉄筋で作り直される今の万世橋の原型なんです。うーむ、ややこしい。

物語がはじまった場所、湯島聖堂から本郷へ【湯島・本郷近辺】

④湯島聖堂

昌平橋に着いた時点ですでにおしまはもうヘトヘト。でも、若だんなですら歩けた距離で、バテるわけには参りません（失礼）。昌平橋から御茶ノ水駅のほうへ向かうと、『しゃばけ』の冒頭シーン、若だんなが最初の殺人事件に遭遇してしまった湯島聖堂近辺に至ります。

湯島聖堂は、元禄三年（1690年）に、儒学に熱心だった五代将軍徳川綱吉が、もともとは上野にあった孔子廟を湯島に移したものだそうです。のちに聖堂の隣に昌

若だんなが歩いた湯島聖堂の白壁の道

平坂学問所がもうけられ、これが東京大学の前身になったとか。そうなんです、このあたりには東京大学のほか、学問の神様、菅原道真が祀られた湯島天神もあり、江戸時代からの文教地区。こんな場所で殺人事件が起きたとは信じられないほど、静かで落ち着いたところです。いくつもの物語を生むしゃばけシリーズ。それがここから始まったかと思うと、感慨もひとしおです。

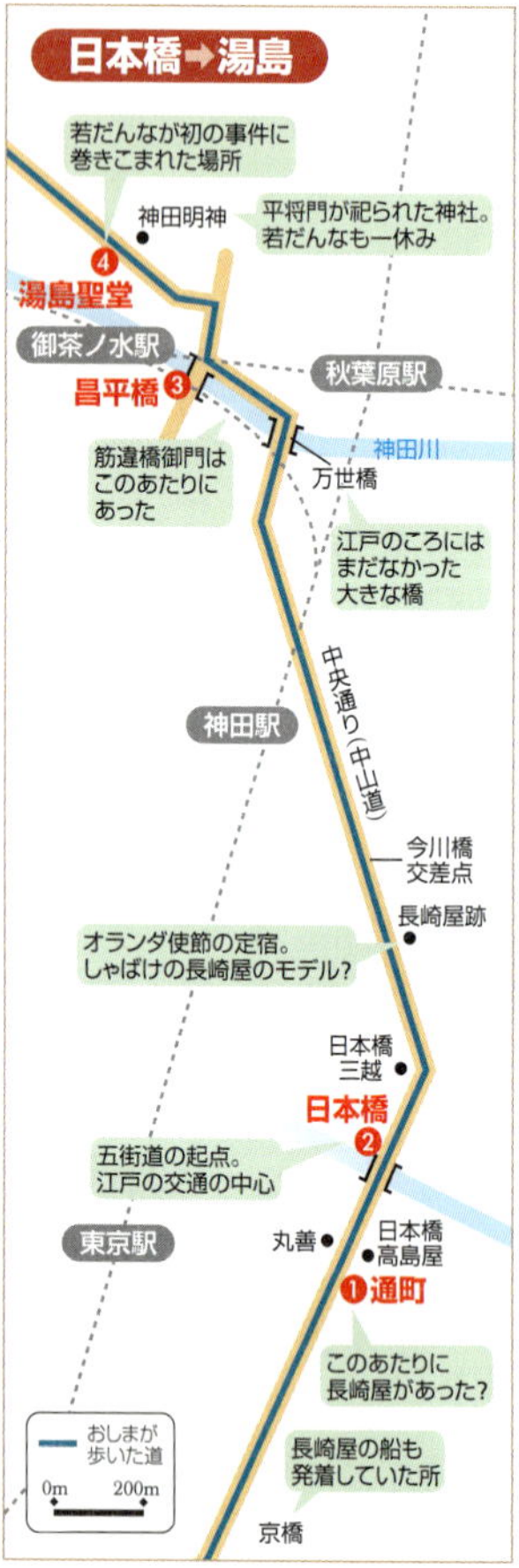

この威厳のある聖堂近辺で事件が起きた

湯島聖堂のすぐそばにある神田明神にも寄ってみましょう。『しゃばけ』でこっそり本郷へ向かった若だんなが、ここの神田明神の木陰で一休みしていましたね。神田明神名物の甘酒を一杯だけいただいて、おこぐ姉さんには内緒でおしまもここで一休み。甘さに疲れが癒されていきます。鈴彦姫が話し相手として出てきてくれればいいのに……。

⑤本郷

さて、英気を養ったところで、松之助さんが奉公していた東屋《あずまや》のある本郷までさらに足を伸ばしてみましょうか。『しゃばけ』では、松之助さんの奉公先が「加州《かしゅう》様の近く。ぎりぎり朱引きの内の、東屋という桶屋」だとわかり、若だんなはこっそり訪ねていきます。「加州様」？「朱引き」？耳慣れない言葉ですね。まず「加州様」とは、加賀百万石前田家の上屋敷のことなんです。現在の東京では、この広大な「加州様」は、東京大学の本郷キャンパスになっているんで

神田明神のとても華やかな構え

すよ。そして「朱引き」とは、江戸の範囲をあらわすために当時の地図に引かれた朱色の線のこと。このあたりは今でこそ東京の真ん中ですが、江戸時代には江戸の端っこ、とされていたんですね。

神田明神から歩くこと約三十分。親しみやすい商店街が連なる本郷三丁目を抜けて、やっとこさ東大の有名な「赤門」にたどり着きました。元が加賀藩のお屋敷だったために、赤門には「旧加賀屋敷御守殿門」という名があるそうですね。ここは日本の最高学府、赤門をくぐる賢そうな若者たちを眺めながら、おしまは日の本の未来を思います。

『しゃばけ』のラストでは、墨壺《すみつぼ》の「なりそこない」が付火をして、加州様のあたりから火事が起こり、やがて大火となって大惨事を引き起こしますが、実際にこの付近には、十万人近い焼死者が出た「明暦の大火」の火元であると言われている本妙寺の跡があります。若だんなの住む長崎屋も火事で焼けてしまったことがありましたが、お江戸では火事が日常茶飯事でした。とりわけ明暦の大火は、

加賀藩の上屋敷の門だった東大の赤門

江戸城の一部さえ燃えてしまったほどの記録的な大惨事だったそうです。
「空のビードロ」（『ぬしさまへ』収録）は、本郷の東屋を燃やした大火のことが、松之助さんの視点から描かれています。火事に際して、松之助さんは近くのお寺で焼き出された人の炊き出しを手伝ったりしていますが、ちょうど本郷や上野のあたりは、寺院がたくさんあるんです。妖《あやかし》退治で有名な高僧、寛朝《かんちょう》さんのいらっしゃる上野の広徳寺も少し足を伸ばしたところにありますので、のちほど訪ねてみましょう。

こうしておしまは、長崎屋のある日本橋から本郷まで、約四キロの道のりを歩いて参りました。すっかりくたびれてしまいましたよ。

それにしても病弱な若だんなが、夜に一人で他出して、本郷まで往復約八キロの道を往復しようとしていただなんて！ 意外と若だんなって元気なのかもしれませんよ。旦那様に奥様、それに手代さんたちも、やっぱり若だんなを甘やかしすぎなのかも？

でもきっと、「兄さんに会ってみたい」という強いお気持ちが、若だんなに特別な力をくれたのでしょうね。

上野広徳寺へ寛朝さんに会いにいこう【上野周辺】

❻ 不忍池《しのばずのいけ》

『しゃばけ』のクライマックスでは、妖封じで高名な上野広徳寺の僧、寛朝さんにいただいた護符が、若だんなのピンチを救ってくれます（二十五両も払ったのだから当たり前といえば当たり前ですが）。その後も寛朝さんはたびたび登場し、若だんなを助けるたびに、高額なお布施を巻き上げているのでございました。腕はいいけれど業突く張りな（？）寛朝さんがいた広徳寺にも行ってみたいなあ。

　では、本郷から湯島天神を経て不忍池へ行き、そこから広徳寺のある上野を目指して歩いてみましょう。東大赤門から春日通りへ出て、上野の方向へ行けば、通り沿いには有名な湯島天神があります。やがて上野公園が見えて参りました。そこに突如現れる大きな池が、不忍池

学業成就にご利益のある湯島天神

です。

不忍池もまた、しゃばけシリーズにはたびたび登場する江戸の名所。江戸のころ、寛永寺という大寺が上野に建立されました。現在の広大な上野公園は、もともとはその境内だったんです。寛永寺は、西の比叡山延暦寺と対になる寺院にすべく建てられたものでした。延暦寺のそばに琵琶湖があったため、不忍池は琵琶湖に見立てられていたんですって。この池は江戸のころからの蓮の名所で、現在でも蓮が繁茂しており、特に初夏には美しい花が咲き乱れるそうです。

観光地でありましたから、当時から池の端にはたくさんの商店や飲食店がありました。「天狗の使い魔」（『いっちばん』収録）では、夜中に大天狗の六鬼坊《ろっきぼう》に攫《さら》われ、江戸の上空をさまよった若だんなが、不忍池近くのお寺の屋根に下ろされるのですが、お腹がすいていたため、六鬼坊に「どちらが夜食を手に入れられるか」という勝負を挑みます。鳴家のおかげで見事に勝った若だんなたちは、不忍池のほとりの夜鷹蕎麦《よたかそば》で夜食にありつくことができました。深夜の温かなお蕎麦

賑やかな町の中のオアシス、不忍池

が妙においしそうでした……。

⑦上野広徳寺跡

思わずつられて池の端でいっぷくしてしまいそうになったおしまですが、いけないいけない、寄り道せずに広徳寺を目指さなきゃ。

しゃばけシリーズのなかでは、広徳寺は妖退治で有名なお寺でした。そして、実際の江戸の庶民の間でも、加賀前田家や尾張織田家といった大名を檀家に持つ巨刹《きょさつ》として名を馳せたそうです。古地図を広げてみても、なるほど大きな敷地。「びっくり下谷《したや》の広徳寺」と、狂歌で謳われたのもうなずけます。

明暦の大火後に作られた大通りで、寛永寺の門前町として大変栄えた上野広小路を渡り、広徳寺のある上野駅周辺にやってきました。現在の地図を眺めても、この辺には実にたくさんのお寺があることがわかります。でもあれあれ、広徳寺はまったく見当たらないぞ？

歌川広重の描いた不忍池。「名所江戸百景」より

残念な事に、若だんなたちがお世話になった下谷の広徳寺は関東大震災で焼失

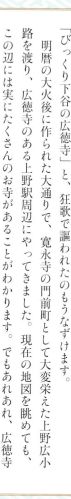

してしまったそうなんです……。今現在、広徳寺があった場所には、台東区の区役所が建っています。え？　じゃあ、寛朝さんや秋英さんがいた広徳寺はどこにいってしまったかって？　ご安心ください。今は練馬区の桜台に移転しましたが、相変わらずの広大な敷地を誇る大寺院として権勢をふるっているようですよ。寺に災難が降り掛かったときも、しっかり者の寛朝さんが貯め込んだ金子《きんす》が役に立ったのかもしれませんね（？）。

　日本橋を起点にして、上野の広徳寺まで徒歩でやってきましたおしまでですが、ここまではそうとうな道のりでございました。休み休みとはいえ、二時間近く歩いてしまいましたよ。たびたび広徳寺に出かけた若だんなですが、まさか徒歩で来たわけではないでしょう。そこは廻船問屋の御曹司でございますから、舟や駕籠を使ってやってきたんですね。

区役所前には「広徳寺跡」という石碑が

広徳寺の跡は台東区役所に

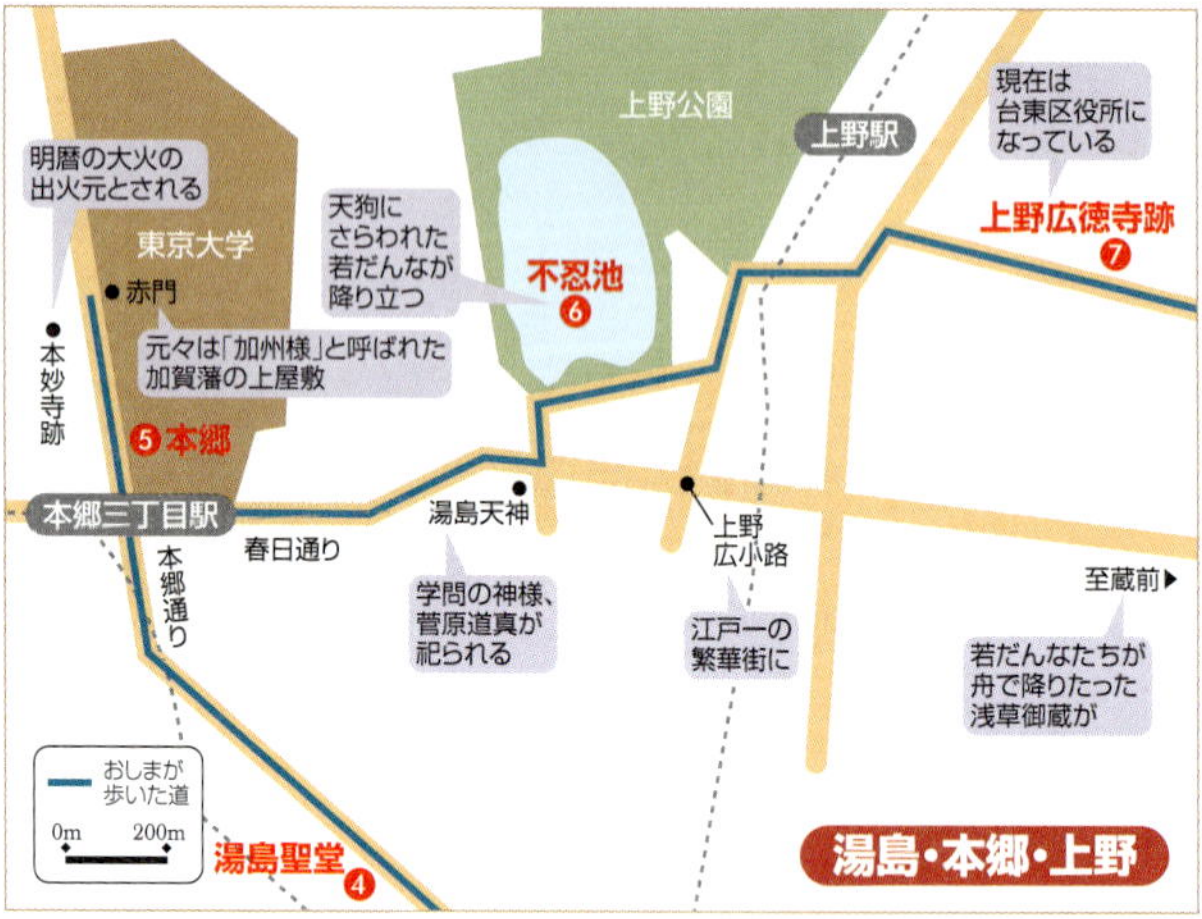

「ねこのばば」（『ねこのばば』収録）によれば、若だんなたちは、日本橋から舟で隅田川を遡って浅草御蔵のあたりで降りて、そこから駕籠で広徳寺へと向かっています。

「いっちばん」（『いっちばん』収録）においても、寛朝さんに春画をもらおうと、屏風のぞきや人に化けた猫又のおしろたちが、同じルートで広徳寺に行く場面が出てきます。この浅草御蔵というのは、幕府の米蔵のことなんです。場所はどのあたりかなあ、と古地図を広げてみたら、なるほどなるほど、現在の地下鉄蔵前駅があるあたりなんですね。御蔵の

前、だから蔵前という地名になったわけです。しゃばけシリーズでは、若だんなたちがたびたび舟で移動するシーンが登場しますが、そのたびに江戸の水路がいかに発達していたかを実感させられますね。

いかがでしたか？　しゃばけの舞台になった江戸＝東京の町を歩いてみると、まるで若だんながすぐ近くで難事件に頭をひねらせていたり、妖たちが近くをさまよい歩いていたりするような気になってはきませんか？

若だんなが訪れた江戸の名所は、その他にもいろいろ。「ありんすこく」（『おまけのこ』収録）で若だんなが旦那様に連れて行ってもらった花魁《おいらん》たちの町・吉原や、「花の下にて合戦したる」（『ゆんでめて』収録）にて若だんなたちが大勢でお花見に出かけた名所・王子飛鳥山――いつの日か皆さんにご案内したいです！

※参考文献　『切絵図・現代図で歩く江戸東京散歩』（人文社）
『新訂江戸名所図会別巻二　江戸名所図会事典』（ちくま学芸文庫）

鳴家絵描き歌

●えんぴつで鳴家をなぞってみよう

スタート

お饅頭がありました

お皿にのっけて
食べましょう

あらあらお豆も
入っていた

こんがり焦げ目も
おいしそう

湯気がゆらゆら
でてきたよ

お口をあーんと
開けましょう

お手てでしっかり
つかんだら

お腰に布でおめかしよ

にょきっと足も
生えてきた!

きゅわわ、きゅわわ
鳴家の完成♪

特別収録

みぃつけた

文・畠中 恵　絵・柴田ゆう

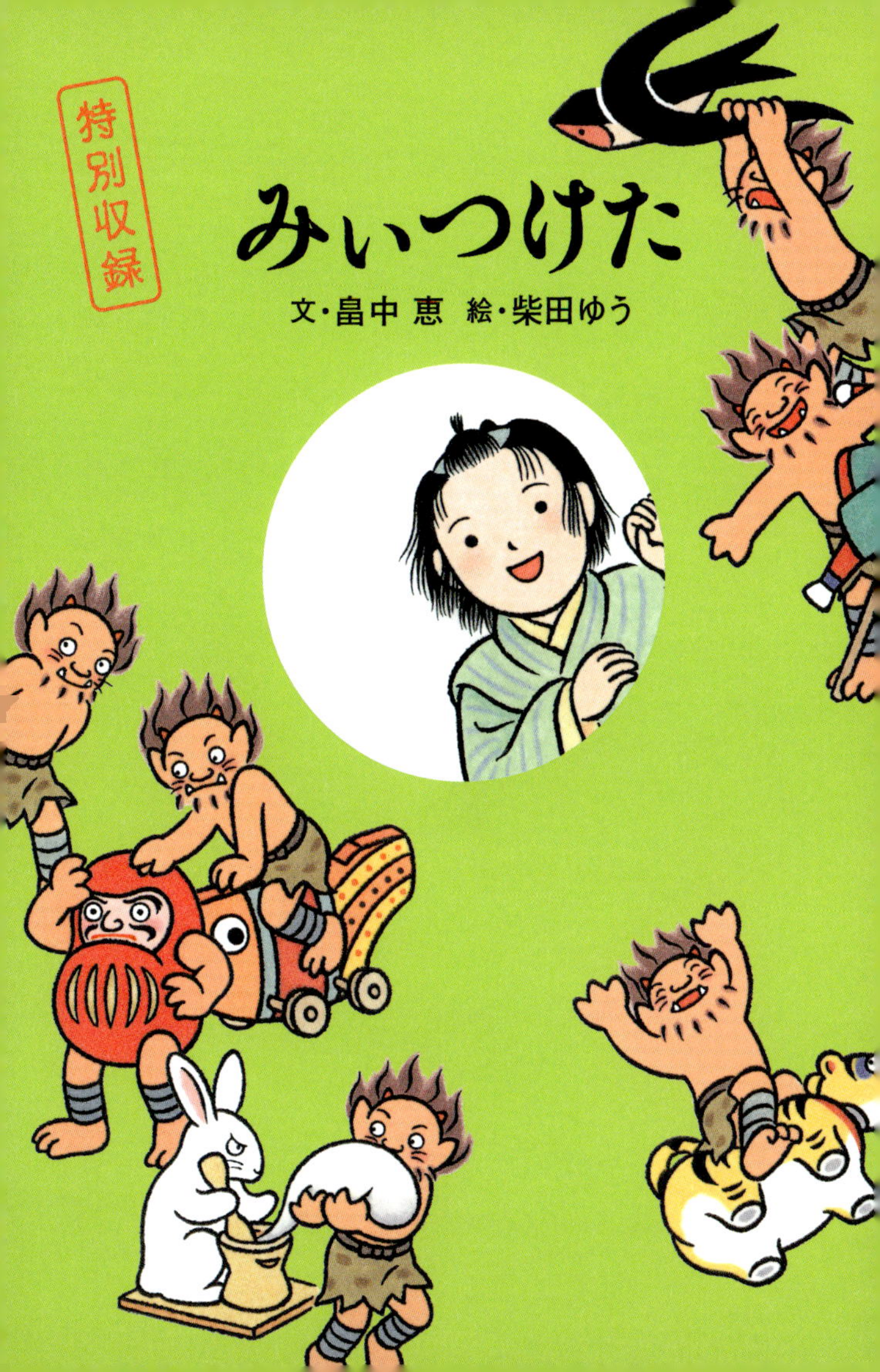

みぃつけた

昔《むかし》、昔というほど、前の話ではありません。

　ひいひいひいおじいさんの、そのまたひいひいおじいさんが、元気だった頃……体の弱い男の子が、お江戸《えど》というところにおりました。

男の子は、一太郎《いちたろう》といいます。五《いつ》つです。

一太郎はそれはそれはひ弱《よわ》だったので、朝と、昼と、晩に、熱《ねつ》を出して寝ついていています。朝ご飯と、お昼ご飯と、晩ご飯の後で、苦いお薬を飲まなくてはなりません。

お薬は嫌《きら》いでしたが、いつもちゃんと飲《の》んでいました。だって熱が下がらないと、ばあやが溜息《ためいき》をつきます。友だちとお外で遊ばせてもらえません。

毎日とても良い子にしてるのに、一昨日《おととい》も、昨日も、今日も、一太郎は寝てばかり。熱が下がらないからです。咳《せき》が止まらないからです。

一太郎は今日も離《はな》れにあるお部屋で、ひとりぼっちで寝ていました。

「一人きりは大嫌い……」

一太郎は、ぼそりと言ってみました。でも、だれも返事をしてはくれません。おうちは長崎屋《ながさきや》というお店をやっていました。だから、お父さんもお母さんも忙しいのです。ずっと一太郎と一緒には、おれないのでした。

お店には、おじいさんが連れてきた小僧《こぞう》さんたちもいます。でもまだ来たばかりなので、毎日お仕事に一《いっ》生懸命《しょうけんめい》で、この子たちも遊んでくれません。

「つまんないよぉ」
　布団《ふとん》の中で溜息《ためいき》をついていると、塀《へい》の外から楽しそうな声が聞こえてきます。近所の子らが元気いっぱい、遊んでいるのです。
（ああ、今日は隠《かく》れ鬼《おに》をしているんだ）
　すぐにそうと分かります。でも一太郎は、今走ると咳《せ》き込《こ》んでしまいます。やっぱり皆《みな》の仲間《なかま》には入れないのでした。

（寂《さみ》しいよう）

ふうと息を吐《は》いて、寝返りをうちます。それから天井《てんじょう》を見て……、一太郎は、大きく目を見開いたのでした。

「ありゃりゃ？」

天井の隅《すみ》に小さな姿が見えたのです。

「小鬼《こおに》だ……」

驚きました。隣《となり》を見たら、もう一匹います。怖《こわ》い顔をしています。隅からもっと出てきました。こっちを見ています。

じきに家の中から湧《わ》き出すように、たくさん現《あらわ》れてきました。皆で、それは物珍《ものめずら》しいものでも見るように、天井から一太郎を見下ろしています。

「ぎゅいぎゅい、ぼっちゃんだよ」

「きゅわわ、おやや、こっちを見ているよ」

「きゅんいー、気がついたのかな。我《われ》らがここにいるって、分かるのかな」

「きゅーきゅー、それは大変、大変」

小鬼たちは何だかうれしそうに、一大事《いちだいじ》、一大事と騒《さわ》いでいます。小さくっていっぱいいて、何だか楽しそうな子たちです。

一太郎は熱があるのに、思わず布団《ふとん》から起きあがりました。天井に向け、手を差《さ》し伸《の》べます。

「ねえ、一緒に遊ぼうよ」

話しかけたとたん。

「ぎゃいーっ、見つかったーっ」

「きゅわっきゅー、隠《かく》れろーっ」

「きゅきゅきゅきゅきゅ、逃げろっ」

ぱっと小鬼たちが、四方《しほう》へ散《ち》って消えます。一太郎は、思わずにこりと笑いました。

「隠れ鬼するの？」

ひい　ふう　みい　よ　いつ

一太郎は布団《ふとん》から抜《ぬ》け出ました。でもすぐに追いかけたりしません。ちゃんと十《とお》数えてから、小鬼たちをさがすつもりです。

「われが見つけたら、名前を教えてね」

ひい、ふう、みい……。一太郎は目を手で隠《かく》し、張《は》り切って数え出しました。

「もういいかい」

大きな声を出し、小鬼たちに知らせます。目隠しを取って、部屋を見まわします。思ったとおり、小鬼は一匹も部屋にはいませんでした。

むう
なな
や
ここのつ
とおっ

「どこかな？　どこにいるのかな？」

　久しぶりのお遊びです。一太郎は張り切りました。部屋からぴょんと、離れの廊下《ろうか》に出ます。とたん、つるんと滑《すべ》って尻餅《しりもち》をつきました。廊下はピカピカに磨《みが》かれていたからです。

　そのとき小鬼が一匹、一太郎の横を、つるつるすいーっと滑って、追い越《こ》して行きました。

「きゃいきゃい」

　とっても楽しそうです。

「待てーっ」

　一太郎もまねをして、座った

まま廊下を手で押します。さっと体が滑り出しました。おまけにくるると回ります。つるるるくるるーっと、廊下を流れるように進みます。

「気持ちいい」

軒下《のきした》と空が過ぎてゆきます。

「わあいっ」

ところが。

廊下の端《はし》にぽんと行き着いたら、小鬼がいません。

「あらら、逃げられた」

そのとき庭で、かこっと音がしました。

見ると別の小鬼が、母屋《おもや》へ向かって駆《か》けて行きます。ちっちゃな足が、小石を蹴飛《けと》ばしたのです。

石ころは別の石に当たって、ころん、ぽこん、きん、と明るい音を立てました。

「石けりだ！」

一太郎もさっそく、裏庭《うらにわ》に降《お》りました。小鬼のまねをして、石をけります。

こん、こきん、かちんっ。七色の音がします。

ここんっ、かこんっ、けんっ、ころころっ。

石をけりながら、母屋《おもや》の廊下に行き着くと、やっぱりさっき見た小鬼は、そこにいません。一太郎は首をかしげます。

「でもこっちへ来たんだから、母屋にいるはずだよね」

小鬼をさがして廊下に上がります。それから部屋の中に入りました。いつもばあやに言われている通り、開けた障子戸《しょうじど》はちゃんと閉めます。

すると閉めたばかりの障子《しょうじ》に、小鬼の影《かげ》が映ったのです。しかも一匹ではありません。

「きゅんげっ」

楽しそうな声とともに、小鬼の影は犬の顔のようになりました。口が動きます。ほえます。

「きゅわん、わんっ」

「すごい、影絵《かげえ》だ」

小鬼が形を変えました。今度は影が鳥になります。羽《はね》をぱたぱたさせています。

うれしくなった一太郎は、障子を少し開けて廊下に手を差し出しました。己《おのれ》の影も、障子に映します。指を動かしてみます。狐《きつね》のお顔が出来たので、こんこんと鳴《な》いてみました。

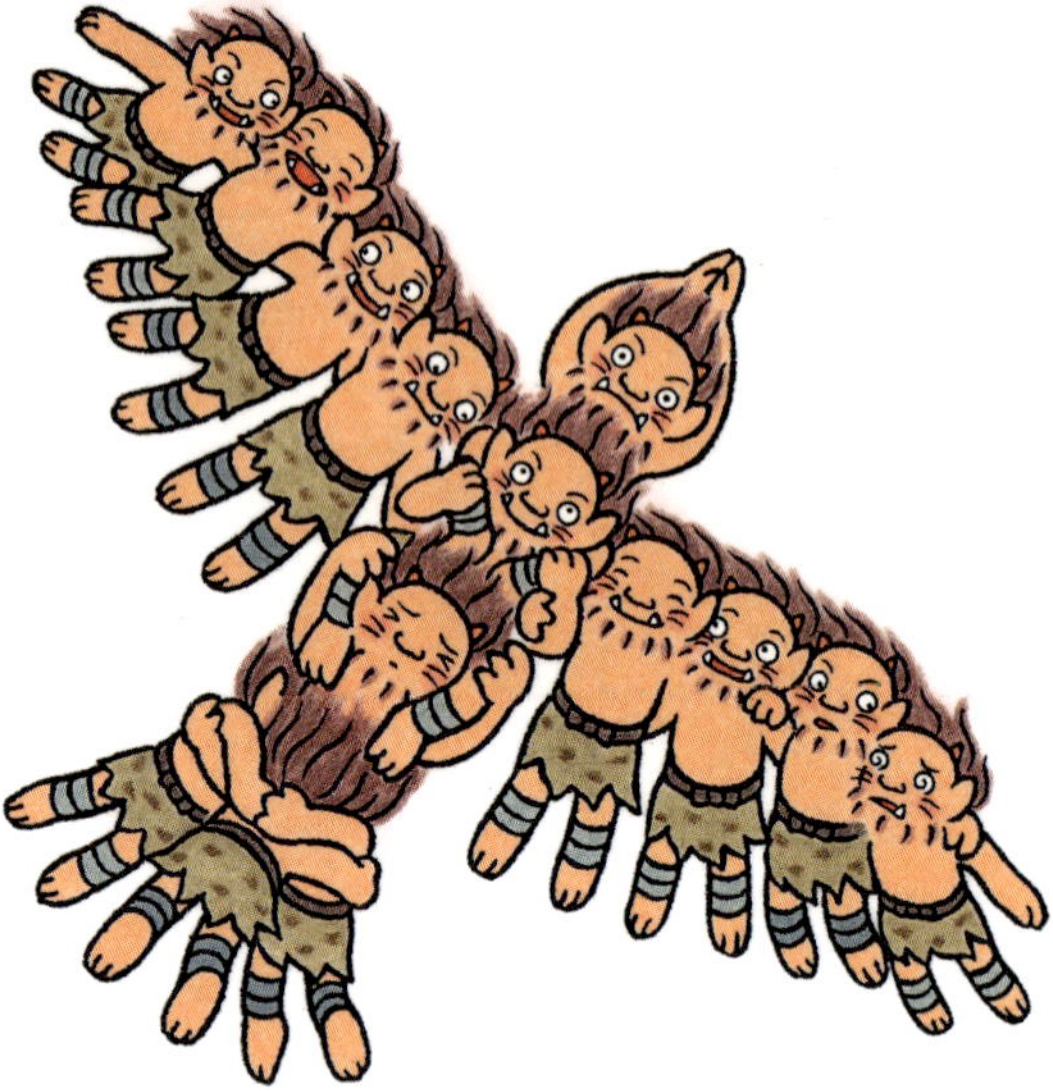

「可愛《かわい》い？」

にこりとして、小鬼に話しかけます。

「きゅーっ」

と、うれしそうな声が聞こえました。

なのに。もっとお話しようと、一太郎が廊下に顔を出すと、小鬼が消えています。

「あれー？」

小鬼は、忍者《にんじゃ》みたいにすばやいのです。

そこに、表《おもて》の通りから、『しゃぼん玉売り』の声が聞こえてきました。

『しゃぼん玉売り』は、小さく切った竹《たけ》筒《づつ》の中にしゃぼん液を入れて、売って歩く人です。たくさんのしゃぼんを吹いてくれます。一太郎は大好きでした。

「たまやぁーたまやぁーたまやぁー」

声とともに虹色《にじいろ》の丸い玉が塀《へい》を越え、ぷかりぷかりと浮いてきました。

するとそのとき！

小鬼が現れました。軒下《のきした》に流れてきた玉に、ぴょんと飛びついたのです。

ぱちんっ。

しゃぼんが割れました。小鬼ははじかれて、ぽんと空に浮き上がります。

「きゅわきゅわっ」

楽しそうな声がしました。ほかの小鬼たちも、つぎつぎとしゃぼん玉に乗っていきます。また玉がはじけます。

ぱちんっ、ぽーん、きゅわわわっ。

ぱちんっ、ぽーん、きょんきーっ。

小鬼が屋根《やね》と同じくらい高いところで、ふわふわ、ぴょんぴょん、はねています。青いお空を、皆で飛んでいます。

きゅおーんっ、

きゃきゃきゃきゃーっ、

きょげきょげっ。

「楽しそう」
わくわくして、一太郎もしゃぼん玉に触《さわ》りたくなりました。ぱちんとはじかれて、空を飛んでみたくてなりません。

「われも……」

手を伸《の》ばします。しゃぼん玉に触ってみました。

でも。

ぱちんっ。

玉は指の先で、すぐにはじけて消えてしまいます。一太郎は小鬼よりずっと大きいので、空を飛べないようでした。

「ありゃあ」

しゃぼんはどこかへ飛んでいってしまいました。たくさんいたはずの小鬼も一緒に消えて、姿がありません。

「いけない、隠れ鬼をしてたんだ。小鬼を見つけなきゃ」

きょろきょろ。一太郎は庭《にわ》と廊下《ろうか》と部屋の中をさがします。うろうろ。でも小鬼たちは見つかりません。

するとそこに、鳥の声が聞こえてきました。

『ぽーぽけきょ……』

「今頃、うぐいすが鳴くの？」

一太郎はちょいと首をかしげます。

「いつもは『ほーほけきょ』だよね？」

『ぴーひょろろろ……』

「あれあれあれ？」

こんどは、とんびでしょうか。一太郎は綺麗《きれい》な音のする部屋に、入っていきました。

『ひょろろろ……』

『ぴよぴよぴよぴよ……』

六畳《ろくじょう》の部屋には可愛い声が満《み》ちています。

でも、だれもいません。

一太郎は右に、左に、首をかしげます。そうして隅に置いてあった、大きな柳行李《やなぎごうり》に近づいてみました。

「もしかしたら、鳴き声はこの中から聞こえているのかな？」

しばらく行李《こうり》の前で、耳を澄《す》ませてみました。でも、もう鳥の声はしません。

「どうしたのかしら？」

一太郎はそおっと静かに、行李のふたを持ち上げてみました。すると行李の中には、

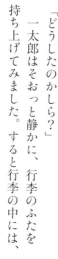

色々なものが入っていました。

「わあ、たくさんのおもちゃだ」

こけしや手まりや独楽《こま》があります。一太郎のお気に入りだった鍾馗《しょうき》さまもいました。鍾馗さまは、疫病神《やくびょうがみ》を追い払ってくださる方なのだそうです。病気がちな一太郎は、もっと小さい頃その人形を、それは大事にしていたのです。一太郎はうれしくなって、ふたの隙間《すきま》から行李に入ってしまいました。

ぱこんとふたが閉まります。でも柳《やなぎ》で編《あ》んだ箱だから、隙間《すきま》から明かりが漏《も》れてきて、中が見えます。

一太郎はおもちゃの上に座りました。ひょいと前を見ると、笛を握《にぎ》った小鬼が、おもちゃに紛《まぎ》れて横たわっています。

(小鬼だ！　さっきの鳥の声は、この子が笛を吹いていたんだね)

一太郎は大きくうなずきます。隠れ鬼で、やっと小鬼を見つけたのです。これで小鬼をつかまえれば、遊びは一太郎の勝ちです。

そうしたら、小鬼の名前を教えてもらえます。

(これから一緒に遊んでくれるかな。われのこと、好きになってくれるかな)

一太郎の胸《むね》が、どきん、どきんと、鳴っています。手を伸ばしました。

でも。

よく見たら、小鬼はぐっすりと寝ています。今触《さわ》ったら、びっくりして飛び起きてしまうでしょう。それはかわいそうです。

(起きるまで待っていよう)

一太郎は手を引っ込めました。おもちゃの上で、己《おのれ》も横になります。お友だちができると思うと、何だかとっても、うれしくなりました。

お腹《なか》を出して、くーくー寝ている小鬼は、可愛いです。

一緒にいると暖《あたた》かです。

そして、そして。

気がついたら、柳行李《やなぎごうり》のふたが開いていました。上からのぞき込んでくる人がいます。

「あれ、着物《きもの》のすそが出ていると思ったら、行李にぼっちゃまが入っていた」

ばあやの笑った顔が見えました。

一太郎は中で、寝てしまっていたのです。

「お熱があるんだから、ここじゃなくて、布《ふ》団《とん》で寝なくっちゃいけませんよ」

ばあやはやさしく言います。そしてふわりと、一太郎を抱《かか》え上げてしまいました。

(あ、小鬼)
下を見たら、まだおもちゃの中にいました。
でもばあやは、すぐに行李のふたを閉めてしまいます。小鬼が見えなくなりました。
(小鬼ぃ……)

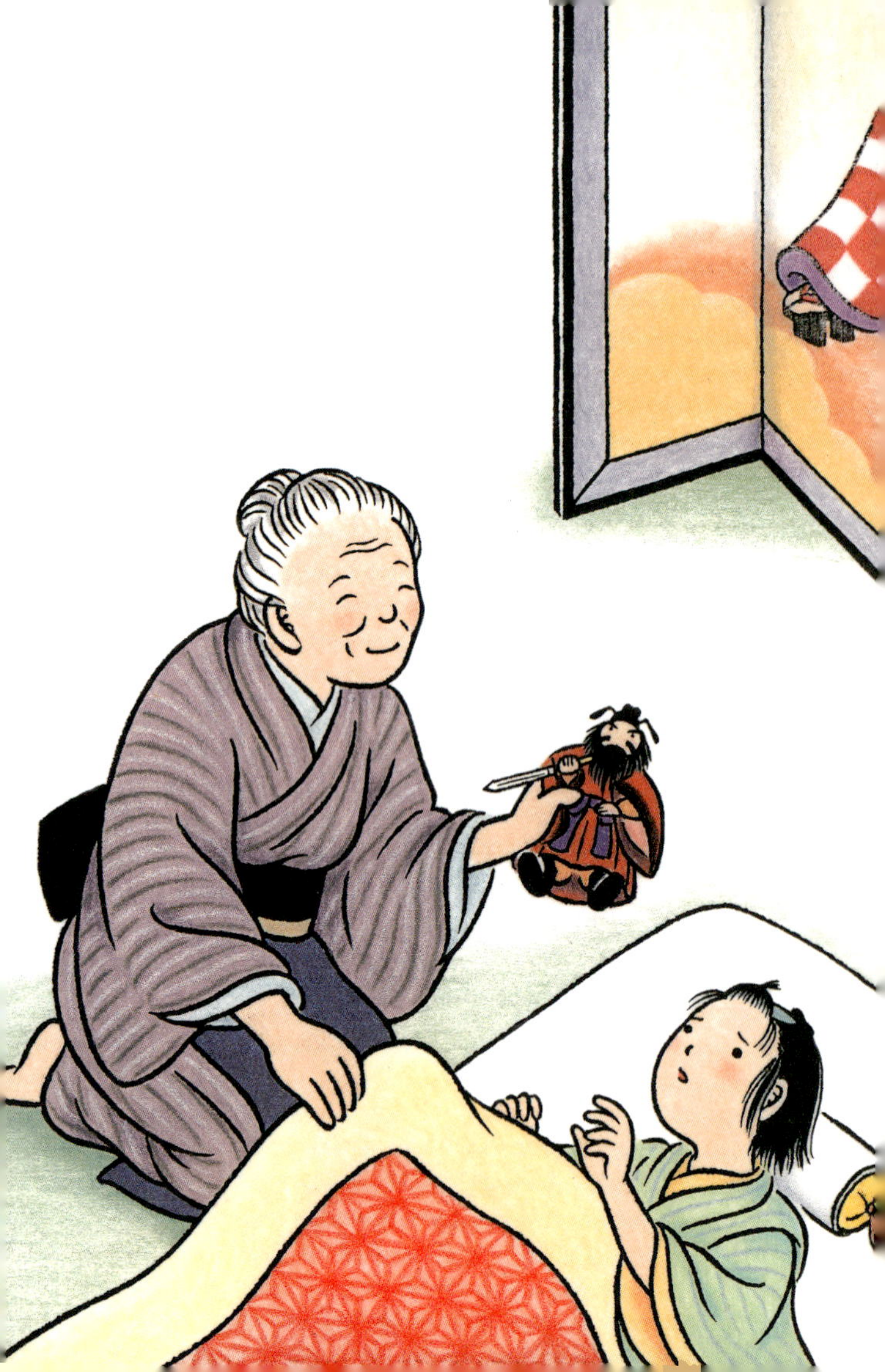

一太郎は、ばあやが大好きです。
でも。
まだ小鬼をつかまえていません。
小鬼の名前を教えてもらっていません。
なのに隠れ鬼は、もうおしまいなのだと分かりました。
(小鬼に、お友だちになってもらおうと思ったのに)
一太郎はお部屋に戻《もど》されてしまいました。暖かいお布団にくるまれます。
「静かに寝ていましょうね」
ばあやは笑いかけてくれます。枕元《まくらもと》には、手に持っていた鍾馗《しょうき》さまが置かれました。
ばあやも仕事があるので、一太郎が横になると、部屋から出て行ってしまいました。

（まただ……まただ）

一太郎は、またひとりぼっちで残りました。

昨日も、一昨日《おととい》も、その前も、ずっとずっとお部屋で寝ています。もうすっかり一人が嫌いになっています。なのに……今日も遊んでくれる人が、いなくなりました。

「はああ……」

いつの間にか、涙《なみだ》が出てきています。ころころと頬《ほお》をころがります。一つ消えても、次の涙がまたこぼれます。

ころころろ……。手に落ちます。
ぽろぽたり……。冷たいです。
ころり。くすん。
ぽたん、くしゅん、くすんっ。
するとそのとき、声がしました。

「ぼっちゃんが泣いているよ」

「どうしてかな」

「お熱《ねつ》が高いのかな」

見れば天井にまた、小鬼が現れたではありませんか。しかもそのうちの一匹が、一太郎のところに降りてきたのです。さっき、笛を持っていた子です。

胸がどきどきと鳴りました。小鬼はそばに来ると、気むずかしげな顔つきで、小さな手をぺたんと一太郎のおでこに乗せます。まるでお医者《いしゃ》さまです。

「われは今、お熱があると思う？」

ためしに聞いてみました。でも小鬼は首をかしげているばかり。どうやら病気《びょうき》のことは、よく分からないようです。

それでも一太郎は、おでこをなでてくれる小さな手が、とてもうれしかったのでした。それで、小鬼の手に手をかさねて、たずねてみました。

「ねえ、お名前は何というの？」

小鬼はびっくりした顔で、一太郎を見ています。どうしようか、考えているようです。

「ねえ、お友だちになってよ。一番のお友だちに」

すると、小鬼がにかっと笑いました。口が、三日月《みかづき》を横にしたような形になっています。

「一番？　われが一番？」

どうやら小鬼は、一番という言葉が大好きなようです。しきりと繰《く》り返したあとで、うれしそうに言いました。

「われは鳴家《やなり》。一太郎の一番のお友だち」
いちばーんっと言って、両《りょう》の手をぱたぱたとうれしそうに振《ふ》ります。
「鳴家。やなりっていうんだ」
するとそれを見ていたほかの小鬼たちが、天井からわらわらと降りてきたのです。

「一番、一番。われも鳴家。われが一番！」

柱《はしら》の上から、天井《てんじょう》の隅《すみ》から降りて、ぽてぽてとあゆみ寄《よ》ってきます。
一太郎の布団の中に、するすると潜《もぐ》り込《こ》んできました。
きーきー、きゅあきゃあ。
鳴《な》き出します。
ぺたぺた。すりすり。
撫《な》でます、触《さわ》ります。
「いっちばーんっ」
鳴家たちは、とっても楽しそうにしています。
ころころ。
きゃたきゃた。
うふふふ。
一太郎も口を、三日月《みかづき》のようにして笑いました。

その日から一太郎は、ひとりぼっちで眠らなくてもよくなりました。

＼ おしまいだよ ／

編集	バーチャル長崎屋奉公人一同
	國分由加（エディトリーチェ）
カバー装画	柴田ゆう
装幀	新潮社装幀室
本文デザイン	大野リサ+川島弘世
写真	青木登 菅野健児 坪田充晃 平野光良 猪又直之

この作品は、2010年12月に刊行された新潮文庫『しゃばけ読本』の増補改訂版です。なお収録した絵本『みぃつけた』は2006年11月に新潮社より刊行されたものです。

新・しゃばけ読本《どくほん》

新潮文庫　　は－37－0

平成三十年十二月一日発行

作　畠《はたけ》中《なか》恵《めぐみ》

絵　柴《しば》田《た》ゆう

発行者　佐藤隆信

発行所　株式会社新潮社

郵便番号　一六二―八七一一
東京都新宿区矢来町七一
電話　編集部(〇三)三二六六―五四四〇
　　　読者係(〇三)三二六六―五一一一
https://www.shinchosha.co.jp

価格はカバーに表示してあります。

印刷・凸版印刷株式会社　製本・加藤製本株式会社

ISBN978-4-10-146173-1 C0195